ENTRE A SOMBRA E O ASSOMBRADO

Editora Appris Ltda.
1.ª Edição - Copyright© 2022 do autor
Direitos de Edição Reservados à Editora Appris Ltda.

Nenhuma parte desta obra poderá ser utilizada indevidamente, sem estar de acordo com a Lei nº 9.610/98. Se incorreções forem encontradas, serão de exclusiva responsabilidade de seus organizadores. Foi realizado o Depósito Legal na Fundação Biblioteca Nacional, de acordo com as Leis nos 10.994, de 14/12/2004, e 12.192, de 14/01/2010.

Catalogação na Fonte
Elaborado por: Josefina A. S. Guedes
Bibliotecária CRB 9/870

	Millen, João Bosco de Camargo
M646e	Entre a sombra e o assombrado / João Bosco de Camargo Millen.
2022	1. ed. – Curitiba: Appris, 2022.
	213 p. ; 21 cm.
	Inclui referências.
	ISBN 978-65-250-3490-4
	1. Memória autobiográfica. 2. Ficção brasileira. I. Título.
	CDD – 808.06692

Appris
editora

Editora e Livraria Appris Ltda.
Av. Manoel Ribas, 2265 – Mercês
Curitiba/PR – CEP: 80810-002
Tel. (41) 3156 - 4731
www.editoraappris.com.br

Printed in Brazil
Impresso no Brasil

João Bosco de Camargo Millen

ENTRE A SOMBRA E O ASSOMBRADO

FICHA TÉCNICA

EDITORIAL	Augusto V. de A. Coelho
	Sara C. de Andrade Coelho
COMITÊ EDITORIAL	Marli Caetano
	Andréa Barbosa Gouveia (UFPR)
	Jacques de Lima Ferreira (UP)
	Marilda Aparecida Behrens (PUCPR)
	Ana El Achkar (UNIVERSO/RJ)
	Conrado Moreira Mendes (PUC-MG)
	Eliete Correia dos Santos (UEPB)
	Fabiano Santos (UERJ/IESP)
	Francinete Fernandes de Sousa (UEPB)
	Francisco Carlos Duarte (PUCPR)
	Francisco de Assis (Fiam-Faam, SP, Brasil)
	Juliana Reichert Assunção Tonelli (UEL)
	Maria Aparecida Barbosa (USP)
	Maria Helena Zamora (PUC-Rio)
	Maria Margarida de Andrade (Umack)
	Roque Ismael da Costa Güllich (UFFS)
	Toni Reis (UFPR)
	Valdomiro de Oliveira (UFPR)
	Valério Brusamolin (IFPR)
SUPERVISOR DA PRODUÇÃO	Renata Cristina Lopes Miccelli
REVISÃO	Isabel Tomaselli Borba
	Stephanie Ferreira Lima
DIAGRAMAÇÃO	Bruno Ferreira Nascimento
CAPA	Sheila Alves
ILUSTRAÇÕES	João Bosco de Camargo Millen

Dedico este livro aos meus amores:
Alex Junior Farias Spack e Carmen Lent (minha querida analista)

AGRADECIMENTOS

— Oi! A dona Abrigail está na porta te chamando!

— Abriga quem?

— Wil...

— Ah sim, i Will, é isso?

— Ah, sei lá, fala com ela, porque ela está te esperando...

Abigail Ribeiro Gomes é o nome dela; é ela quem abriga os meus pensamentos associados à minha linguagem com indiscutível talento e generosidade.

Agradeço à Abigail por se referir aos meus escritos com grandeza e sensibilidade. Muito obrigado.

Quando eu era menino, os mais velhos perguntavam: o que você quer ser quando crescer? Hoje não perguntam mais. Se perguntassem, eu diria que quero ser menino.

Fernando Sabino

APRESENTAÇÃO

Palavras, palavras e palavras... Nós as ouvimos, lemos e escrevemos todos os dias. Na realidade tudo é permeado por elas, inclusive o fato de sermos conduzidos aos mais variados mundos. Alguns deles os detestamos, empurram-nos ao limiar da dor e sofrimento. Quem não sentiu o amargo das palavras ao "ouvir" as "notícias do dia"? As mazelas políticas e dos políticos, incontáveis acidentes e tragédias, estatísticas; há as estatísticas: 33 milhões de brasileiros passando fome, 4,8 milhões de ucranianos refugiados, 7 conflitos sangrentos ocorrem no mundo, além da guerra da Ucrânia, a cada hora 100 mulheres sofrem algum tipo de violência no Brasil... Bem, passaríamos linhas sem fim para listar as palavras protagonistas da aridez dessas realidades.

Não é por menos que, em 1972, a autora Marina Colasanti publicou no *Jornal do Brasil* uma crônica que se chamava *Eu sei, mas não devia*, nos alertando quanto ao conteúdo ofertado pelo cotidiano. Vidas acostumadas ao "não ser" e limitadas ao marasmo dos dias. Contudo, uma esperança se espreita, pois sabemos que essa modalidade de palavras não esgota a realidade. O animal humano busca resistir, apela à imaginação como que por impulso transcendente, catapultando-se a um novo estado, ainda que a gravidade dos dias o puxe para baixo.

Essa é a dança bailada pela existência, cujos movimentos são imprevistos. Tal como bailarina que emerge em movimentos de uma dança denominada Contemporânea, que não resigna seu corpo que cai ao chão, suplanta-o em resistência à Lei da Gravidade, levanta-se e move-se para alguma altura, e eis que em dado momento salta! Segundos de sensação de escape à gravidade, indescritível sensação! E lá vai de novo, a plantar os pés ao chão, se equilibrar, se desequilibrar, cair e levantar. Até quando? Até o fim da dança! Até o fim da vida!

Existência, resistência, insistência... Até quando? Essa pergunta encontra eco ao deixarmos as palavras de João Bosco nos conduzir pelas múltiplas crônicas, como se ele nos desse licença para entrar nos labirintos da memória, convidando-nos a testemunhar com vivacidade os "causos", o perscrutar de uma vida que foi se construindo paulatinamente.

Aos 55 anos de existência, o autor compõe uma espécie de tecitura no percurso de mais de 100 páginas. Tece como que uma tapeçaria em linhas e mais linhas escritas. Sua formação em Filosofia nas áreas de Ética e Estética está alinhada às abordagens repletas de conteúdos capturados em muitos anos de escuta atenta, como psicólogo e psicanalista. Se, por um lado, as produções imagéticas de João Bosco Millen o tornaram exímio observador e produtor de imagens em obras pictóricas sob o signo das artes contemporâneas, por outro, a tarefa de costurar sentido às imagens lhe permitiu aprimorar uma outra modalidade de arte, a da composição das palavras, exercitada na curadoria das muitas exposições de que participou. Abrigar num só espaço palavra e imagem tornou-se o seu desafio ao reunir detalhes biográficos como quem tece o conjunto de pontos e nós, compondo o tecido da narrativa de uma existência.

Há, contudo, uma estética emergente na obra, posto que se os milhares de pigmentos imprimem cor a uma obra pictórica, as palavras imprimem cor às narrativas que João Bosco apresenta. Afinal, quantas palavras são necessárias para o dizer de uma vida? Difícil imaginar. E se, como afirmamos anteriormente, nós as escrevemos, lemos e ouvimos, com elas e por elas tomamos noção de quem somos, onde estamos, o que queremos e o que fazemos de nossa vida.

Dentre inúmeras possibilidades para o uso das palavras, o autor escolheu aquelas que procuram traduzir a vida como uma potência, cuja essência seria dialetizar resignação e resiliência, desejo e razão, pulsão de vida e morte. Percebe-se em suas crônicas essa capacidade de descrever a conformação da existência humana às situações, e em outros momentos a de resistir e superar os infortúnios. Cada narrativa se dá em um palco distinto, como que desvelando a natureza nua e crua da realidade sem, contudo, perder de vista a dignidade de quem se deu conta da importância do viver. Essas memórias contêm aspectos ficcionais e convidam o leitor a se colocar como co-observador das vivências, permitindo-lhe ouvir os sons, compor os cenários em que as coisas mais triviais se apresentam, nutrir certo desapreço por alguns personagens, evocar sentimentos de carinho, amor, raiva, alegria, tristeza, enfim, nada tão difícil àqueles que se consideram humanos e que, portanto, deram-se conta do quanto somos complexos.

Adverte-se, portanto, ao leitor que sua experiência de leitura deve ser bem aproveitada e que sua mente deve produzir aquele estado de *open mind*, de modo que seja aberta o suficiente para se tornar um aprendiz desse mestre. Por fim, essa advertência se reporta ao resgate do sentido da palavra humildade, pois, dessacralizando-a do cunho religioso, a temos em sua origem grega *humus*, que significa terra, com sentido idêntico à origem das palavras homem e humanidade. O convite aos leitores é este: o de lerem com humildade, isto é, colocando-se na condição de mentes abertas e pés no chão, na terra, percebendo-se a natureza humana nas mais variadas condições em que se revela, tal como quem contempla os pigmentos coloridos de uma pintura.

Eis, nesse sentido, a compreensão das cento e poucas páginas de uma tapeçaria repleta de *humus*, de humanidade, emersas das memórias do infante e agora adulto, João Bosco. Ao mesmo tempo, a tapeçaria composta por textos está pontilhada de imagens, desenhos esparsados, umas tantas do próprio autor, outras poucas de dois infantes, Átila e Aquiles, ainda inconscios da complexidade de uma existência de 55 anos. Tanto nas palavras, quanto nos desenhos, o infante e o adulto estão presentes nesta obra. Que a leitura destas páginas não deixe de recordar o quão espertos podemos ser para sair dos labirintos da existência. Um viva à Teseu, um viva à nossa humanidade!

Dr. Adilson Pereira

Doutorado em Filosofia na área de Ética, Docente e pesquisador, produtor do movimento Casa-Ego-Equilíbrio

PREFÁCIO

JOÃO E EU

"Na adolescência pensava em me suicidar vestido de Zoomp". Esta pérola surgiu em uma das muitas conversas que tive com João no aplicativo telefônico, talvez quando eu estava falando do meu filho, não me lembro exatamente (ele certamente se lembra, já que tem a memória mais impressionante que eu conheço. Guarda até a lembrança dos lençóis do seu berço!). Sei que explodi numa gargalhada que me acompanhou por alguns dias quando me lembrava daquele absurdo tão desesperadoramente adolescente, que só o João para contar com tamanha naturalidade.

Posso dizer que tenho a sorte de ter o João como meu interlocutor nesta vida e por isso este livro para mim é tão caro. Ele me lembra nossas conversas que, desde a época em que estudávamos Arte no Parque Lage, emocionam-me profundamente ou me fazem rir por semanas, sem meio-termo. Frequentemente, em vez de respondê-lo com mensagens de voz ou texto, gravo minha gargalhada para ele testemunhar o que está acontecendo comigo. Ele também, às vezes, manda uma foto do rosto inchado de chorar de emoção com algo que compartilhei.

Conversar com o João, ouvi-lo contar suas experiências e observar suas associações e articulações com a Filosofia, com a Arte e com a Psicanálise — conheço poucas pessoas que retêm o conhecimento e o aplicam em suas vidas com tanta maestria, e isso para mim é uma das chaves para o bem-viver — é sempre revigorante. O contato com alguém que tem entusiasmo pela vida, mesmo nas adversidades, é sempre restaurador. João, além de artista é analista e, como todo analista, tem o entusiasmo necessário pela vida. Entusiasmo que ele divide com seus parceiros, colegas, leitores, alunos e clientes.

Um dia, no mesmo aplicativo de mensagens (não moro em Barra Mansa, feliz e infelizmente), João me chamou de "tatu albina". Claro que gargalhei e fui procurar um tatu albino no Google, já que minha cultura urbanoide nunca me proporcionou essa informação. Pensei que eram bonitinhos, exóticos, e achei que o apelido me caía bem, mas perguntei o porquê da comparação tão convicta do bichinho a mim. Ele disse: Você viu a perfeição com que o tatu albino se enrola sobre si, virando uma bolinha perfeita? Ele leva seu mundo para lá e para cá rolando e protegido de todos os perigos. O mundo dele o protege. Lembrei das incontáveis vezes que ouvi dos meus familiares, desde muito menina, o quanto eu me divertia "no meu mundinho" e pensei que realmente meu amigo podia não me conhecer desde a infância, mas tinha uma capacidade imensa de "radiografar" a gente. Devo dizer que, vindo de um analista, a observação me rendeu horas de reflexão (e risadas, claro).

Estas páginas contêm as memórias de um rapazinho que aos dezessete pirava na noite das baladas cariocas e levantava cedo para cuidar dos loucos no hospício, como estagiário modelo. Fascinado com o submundo tanto quanto com os clássicos da literatura e do cinema, dando as mãos a tudo o que há de mais sofisticado em pensamento, ousadia e afetos. Memórias de um analista nato, criado em Barra Mansa, que percebe sua relação com a cidade, com os amigos e familiares com uma rara riqueza de detalhes, cheia de humor e ternura para com as ironias da vida, as contradições, as bobagens e as esquisitices das pessoas. João se mostra nestes "depoimentos de Facebook" tão deliciosamente sincero e divertido, que um dia eu lhe disse que gostaria de adaptar seus textos para um monólogo no teatro. Seria a chance de apresentar uma personagem interessantíssima, além de uma maneira de "conversar" com ele mais um pouco, de quinta a domingo, longe dos aplicativos. Estamos negociando.

A percepção aguçada, vitalizada por tudo que o faz pensar e se emocionar, aliada à memória privilegiada do meu amigo, somadas ainda ao prazer que ele tem em apontar os detalhes mais irônicos e divertidos das situações e carinhosamente rir de si mesmo, da sociedade, dos mistérios e dos dramas do cotidiano, fazem dos seus casos um convite à fruição da nossa própria vida da maneira mais gentil possível. Um convite para sairmos do modo operacional de viver, cegos ante a delicada trama das sincronicidades, dos sentidos e das belezas de tudo que nos cerca. Da bainha de um vestido até os raros desenhos de Picasso... De textos de Nietzche e Merleau-Ponty ao Melô Do Cabelinho, nas conversas com meu amigo e nas páginas a seguir, tudo vira tema... porque a alma não é pequena.

Com amor,

Vannessa Gerbelli

SUMÁRIO

Sobre Kichute e coisas da vida... 23

Menta e pesseguete laranja... 27

O marketing funciona: enfim, sou louco!..30

Vovó e Iva.. 33

Sobre a Liberdade e outras coisitas aprendidas com os "loucos" ... .36

O Bosco enlouqueceu..40

Freud, Nostradamus e Rock in Rio... 43

Seria intuição aflorada? 49

De novo, aprendendo com os "loucos" 53

Hair não foi um filme. Meu pai o viu, de fato 56

Sobre o sofrimento psíquico...60

Imperativo da realidade... 63

A vida é bela. A vida é bela?...66

Memórias de um vivo e morto... 70

Meu irmão Marcelo.... 74

Considerações sobre o sofrimento humano................................... 77

Estética do horror... Sobre estigmas e o peso do adoecer.............. 81

Cerveja apazigua a dor... 84

Talvez o paraíso não é o que te contam.. 87

A normalidade da loucura dos adultos... 90

Considerações sobre a maledicente língua dos seres humanos........ 93

Betina... 97

Nathalia... 100

Sobre brinquedos e amigos... 103

Cola na escola.... 106

I Will Survive e outras cantigas... 109

Se é moda, modifica...até a cidade... 112

Rosana.... 114

Entre mortos e assombrações... 117

O melhor o tempo esconde. 120

Casamento é bom?..123

Sobre a insensibilidade humana...126

Sobre a tagarelice humana... 129

Sobre uma senhora chamada Angústia 132

Mãe não é um ser, é uma instância! 135

Aprendendo sobre hedonismo... 138

Memória da garçonete... 141

Decifra-me ou te devoro!..144

Ventos com perfume de Deus... 148

Descasca Laranjas 151

O azedo faz parte do Ser..... 156

Considerações sobre a bondade humana 160

IMAGINE John Lennon...164

Sobre boitatás, sacis e outras traquinagens............166

Para que serve um gravador? Pra ser feliz!............169

As coisas que não morrem nunca são coisas elevadas a objeto........171

"Sobre loucuras e outras elocubrações"............174

Presidente Kennedy era mais plural do que a nossa vã filosofia............177

Alguém sabe dizer o que está acontecendo com o mundo?............180

Me apeixeixei............184

As coisas mandarão em você!............187

Há de ser por amor!............192

Entre a sombra e o assombrado............196

Meu amigo boi marrom............199

A Hora do amor............203

Trequi-tetrequi............205

Sobre uma carta em branco............208

Iole............211

Sobre Kichute e coisas da vida...

A autobiografia ficcional é um estilo literário em voga na contemporaneidade, todavia não foi pelo motivo de modismo que se deu a escolha de escrever um livro com textos de fácil compreensão sobre a minha própria vida pessoal. À primeira vista, pode parecer demasiadamente narcisista e presunçoso contar aos outros os aspectos da nossa vida — e talvez até seja —, porém há lembranças contadas e recontadas para mim mesmo que me provocam tristeza, alegria, graça e dor. São coisas que gostaria de falar mais alto, contar para o mundo, compartilhar com pessoas. Quero contar diferentes relatos dos quais as minhas analistas estão acostumadas a ouvir. Para que os textos fossem escolhidos, existiram critérios empíricos de reflexão popular. Explicarei a vocês como tudo começou.

A partir desse desejo de falar para o mundo sobre as minhas vivências, fui relatando-as na rede social Facebook e, à medida que tinham bons comentários e muitas sinalizações positivas, recolhia-as e deixava-as prontas para uma futura publicação. Inicialmente, tudo era muito incipiente, como haveria mesmo de ser, e depois os leitores se habituaram a ler-me, passando a cobrar-me os textos semanalmente. Vi que muitos são os leitores interessados no que eu tenho para dizer e coloquei a opinião deles como partícipes das minhas histórias na composição da apresentação do livro.

Como psicanalista há 32 anos e estudioso das relações discursivas, debrucei muito tempo da minha vida à literatura técnica. Muitos amigos se frustraram ao comprar os meus livros por perceberem que uma teoria sobre o discurso se difere na totalidade do discurso em si. Também entendi que, nos processos de análise, todas as histórias de todas as vidas são boas histórias e valem à pena serem contadas — inclusive as minhas.

Era sábado, comércio de meio expediente na cidadezinha, e não sei porque ele me tratava daquela forma. Meu pai, senhor austero interiorano, detestava os meus gostos. Ainda muito jovem, percebi, ao conversar com ele, a necessidade de lhe apresentar três alternativas para cada questão abordada nos nossos diálogos. Como exemplo, trago a lembrança do dia em que fomos à sapataria para eu escolher um calçado.

Logo na entrada da loja, vitrine principal, encarei um de bico fino, com frisos de um metal que realçavam o design do calçado. Olhei intensamente para esse primor de objeto e, observando meus olhos, meu pai percebeu que aquele era o meu escolhido. Constatei que ele havia notado, porque imediatamente fechou a cara e, mesmo assim, fingi não ser esse o objeto do meu desejo. Disfarcei o olhar procurando um objeto intermediário. Precisava ser algo que estivesse entre o sonho e o que me seria imposto. Uma espécie de Ciro Gomes da sapataria, uma terceira via entre o imaginário e a realidade sórdida. A matemática deveria ser a seguinte: perguntaria a ele se o Ciro Gomes estava bom e, se ele amistosamente me respondesse que sim, me atreveria a dizer que gostei também do tal de frisos de metal. Se a minha interpretação artística se associasse ao fator sorte e os astros coadunassem favoravelmente, eu poderia conseguir fazer bingo. Caso contrário, na pior das hipóteses, iria de kichute para casa. Schopenhauer tem razão ao afirmar que toda essa elaborada sinapse, essa equação matemática, dura milésimos de segundos. Tudo muito rápido intermediando o desejo e o resultado de tudo isso.

Apresentei o "meia boca" do sapato intermediário e ele concordou em comprar, esperei o vendedor conduzir a caixa do feioso para o pagamento e o segui no caminho até me distanciar do meu pai. Disse-lhe quase sussurrando para trocar pelo de frisos, pois eles custavam o mesmo valor. O vendedor me atendeu e meu pai não viu nada. Fui para casa radiante de alegria, ansioso como poucas vezes estive na vida. Passado uns dias, me arrumei todo para um rolê juvenil e, ao sair de casa com o meu super pisante, encontrei-o chegando em casa. Eu mesmo olhei para os meus pés com olhos arregalados de medo. A cena de horror parecia a do quadro *O grito*, do pintor Edward Munch. Fui levado dali mesmo para a sapataria como um bandido em um camburão. Ao chegar na sapataria, ele procurou pelo vendedor que nos vendeu os sapatos e gritou autoritariamente "Filho meu não usa para-choque nos pés! Troque isso por um kichute!" Como castigo pela minha ousadia, saí de lá com aquele besouro nos pés prometendo a mim mesmo que, quando me tornasse o senhor do meu castelo, só faria o que me apetecesse. Coisas da vida.

Menta e pesseguete laranja...

Que perebada era aquela da minha infância? Não podia comer carne de porco e derivados, amendoim, nozes, castanhas, chocolate, coco, nenhum alimento energético e absolutamente nada que a criançada adora. Também não podia ir à fazenda, andar a cavalo, correr na grama, pois não poderia correr o risco de ser picado por insetos ou aracnídeos. Se acontecesse de comer algo impróprio ou de ser devorado por um bicho desses, o meu corpo ficava infestado de brotoejas que me produziam feridas horríveis. A coceira era tanta que nada aliviava.

Por esses motivos, vivia trancafiado em casa. Meus pais não me deixavam ir às viagens da escola, tampouco podia dormir fora de casa. Não foi fácil a minha frágil infância. Tratavam-me com um antialérgico cujo nome comercial era Periatin e a fórmula é a ciproeptadina. O medicamento era sonoléptico e ao tomar não conseguia ficar de pé, mas tinha que ir para a escola mesmo assim. Dormia em sala de aula, tinha baixo rendimento escolar, era alvo de chacota, a família me pressionava a não os envergonhar, as professoras não sabiam o que fazer comigo... viver era um inferno! Na ocasião, já sabia o que os adultos diziam sobre o céu e o inferno, pois os meus pais eram fervorosamente católicos e, a tiracolo, aprendi de forma preconceituosa sobre os preceitos dogmáticos de outras religiões.

A única coisa que aliviava momentaneamente aquele sofrimento ininterrupto da alergia e da tagarelice era a água do banho e da piscina do clube. Minha babá, terna e sensível, me levava todos os dias ao clube, independentemente do tempo e das estações do ano.

Não esperava um minuto para entrar e ficava dentro da água até a maldita e desesperadora hora que era obrigado a ir embora. Quando a voz dela bradava para sair da piscina, o azul cintilante da água virava um lodaçal ou um mar de sangue. Que sofrimento era aquela traumática despedida.

Acredito que, por esses motivos, adorava conversar com os ateus que diziam que os homens morriam e acabava tudo. Detestava pensar em vida eterna e reencarnação. Vivia querendo que tudo terminasse logo. Lembro ainda de duas situações importantes: a primeira era que ouvia diariamente por anos um compacto do Roberto Carlos, uma música que dizia: "eu daria a minha vida"; e a outra foi o que eu mais gostava no mundo: a minha caixa de lápis de cor. Para vocês terem ideia, cheirava a ponta de cada lápis e sentia o cheiro das cores. Desenhava o dia todo e aquele era o meu refúgio. Literalmente, viajava com as minhas chagas para Nárnia levando os lápis de cor comigo.

O desfecho dessa história das cores foi trágico. Igualmente e na mesma intensidade, fiquei louco pelas garrafas coloridas de bebidas do meu pai. O Campari era de um vermelho indescritível, a menta era linda, o Pesseguete era laranja, mas a minha cor preferida era a do licor anis. Passei a cheirar essas garrafas diariamente escondido de todos, até que um dia, aos sete anos de idade, tomei um porre arrumado. Fui conduzido no atendimento do hospital a um tratamento psicológico infantil por uso e abuso de álcool. Hoje o lápis, a escrita, a leitura e a pintura continuam sendo os meus subterfúgios, porém, atualmente, sou um homem feliz e escrevo na tentativa de entender os meus caminhos e o que resolvi fazer dos trajetos que se apresentaram.

Sei que talvez seja presunção contar para as pessoas esses relatos, todavia escolho essa atitude para eu mesmo ouvir. Tornei-me um ouvidor do outro e de mim mesmo, um analista. Ouço tudo o que me falam, ouço também as coisas que vejo. Comumente desconfio da felicidade das pessoas, das intenções, mas ouço-as com habilidade e interfiro com as minhas palavras nas situações mais singulares e aflitivas das suas vidas. Sinto-me meio lápis de cor, piscina de clube, cachaça, Iva, compacto do Roberto Carlos, Periatin. Escolhi aqui escrever, porque penso que ainda tenho muito para dizer às pessoas, porém, o principal, é que vale a pena viver e aprender.

O marketing funciona:
enfim, sou louco!

Ontem à noite, após terminar este texto, dei-o para uma amiga querida ler e, nas considerações, ela pontuou o seguinte: "Adorei, João, mas com esse texto todos saberão que você é maluco." Pronto, ganhei o combustível que precisava. Segue o texto!

Maria Ramos era o nome dela. Tia Maria Ramos era irmã da vovó Lourdes e vivíamos todos na mesma casa. Delicada como poucas, era silenciosa, sensível, fina como os fios branquinhos de sua cabeça. A família era composta por pai, mãe e três irmãos. Na ocasião, anos setenta, dividíamos espaço com a vovó Delourdes, a tia Maria Ramos e uma das filhas da vovó, a tia Sylvia.

Adorava o matriarcado. Além de me sentir um príncipe, éramos mutuamente importantes uns para os outros, pois representávamos as antíteses da vida. Elas com bons ouvidos e muita delicadeza me explicavam sobre os signos de cada coisa do mundo e eu inversamente com as minhas meninices alegrava a casa. Adoravam quando eu perguntava no final das histórias: "Mas por quê? Por que o lobo era mal? Por que o Pinóquio falava mentira?" E por aí vai. Descobriram em mim algumas qualidades interessantes. A exemplo do que digo, era capaz de despejar qualquer líquido em garrafas ou tigelas sem deixar cair uma só gota fora dos recipientes e, dessa forma, tornei-me o "despejador" oficial da casa. Qualquer bobagem que fizesse, uma coisa engraçada, desenho, adivinhação, mímica, tinha plateia certa das senhorinhas.

Na ocasião, o Brasil torcia pelo corredor de Fórmula 1 Emerson Fittipaldi e eu não ficava de fora desse time. Sabia de todas as colocações dos corredores e um tio sempre me arguia para saber se realmente tinha assistido à corrida. Dois fatos interessantes aconteceram. Viajamos para uma fazenda e, naquele domingo, não assistimos, pois estávamos todos juntos em um mesmo automóvel. No final do dia, meu tio apareceu como de costume na nossa casa, para saber das classificações dos pilotos. Ele me perguntou se havia assistido e mentirosamente respondi que sim. A plateia feminina surgiu assustada, parecia que tinham brotado do chão. Afinal de contas, disse ter entendido a moral da história do Pinóquio e estava ali me comportando como um boneco de pau. Sob olhares de reprovação, pensei que acabaria na boca da baleia e, obviamente, as minhas tias continuaram ali para ver o circo armado. Elas queriam saber no que aquilo daria e, por meio do olhar delas, percebi que havia me metido numa fria. Tudo na ocasião era levado muito a sério. Meu tio percebeu a situação e me perguntou: "O Emerson ganhou a corrida?". Disse-lhe que infelizmente não, pois quem tinha vencido era o Nick Lauda, em segundo o Clay Regazzone, em terceiro o Ronny Peterson, em quarto o Emerson e fui dizendo a classificação até o décimo colocado sem errar nenhum. Parecia que uma fada me soprava os resultados. Todos ficaram muito impressionados com o ocorrido, pois eu jamais poderia saber daquela notícia com tamanha precisão.

Passado uns dias, a Tia Maria Ramos sumiu lá de casa. As mulheres não disseram nada, mas sabia do desaparecimento pela ausência obviamente, e porque as via chorando pelos cantos. Um dia, como uma borboleta, ela reapareceu do nada. Simplesmente voltou, silenciosamente como um beija-flor. Era madrugada fria, talvez umas cinco da manhã, acordei para tomar água e a vi sentada num banquinho da cozinha de coques no cabelo. Fui até ela e lhe perguntei por onde tinha andado, disse-lhe que as pessoas estavam preocupadas. Ela não dizia nada, só me olhava. Como a plateia sempre aparecia de retaguarda, minha mãe surgiu do nada e deu um grito apavorante.

Depois desse episódio, minhas tias me ouviram falando sozinho por algumas vezes. Fiquei mais assustado com o grito que a minha mãe deu na ocasião do que propriamente com o fantasma da minha tia. Os padres invadiram a minha casa e cortaram aquela espécie de "Embratel" da telefonia, da tia Maria Ramos comigo. As minhas outras tias, as sobreviventes, quando precisavam me apresentar para os outros, passaram a dizer que tudo começou com as minhas habilidades líquidas, passando pelo Emerson Fittipaldi, finalizando no fantasma da tia Maria Ramos. Como diz o poeta, acho que sou uma metamorfose ambulante, mas talvez ainda faça um monte de gente feliz...

Vovó e Iva....

Profissão extinta, mas extremamente útil no universo infantil eram as contadoras de histórias. Tenho convicção de que o meu interesse pelas palavras, pela fantasia, pelos discursos, pela Psicanálise e pela Filosofia vieram daí. As vovós de antigamente eram verdadeiras Zilkas Salaberrys do universo infantil. Havia um *setting* especial para o evento. A sala era arrumada com as poltronas de forma circular, e elas, as contadoras, sempre faziam pipocas, broas, amendoins e depois contavam histórias ótimas. Ouvi boas doses da Bíblia e do folclore brasileiro pela boca de Maria de Lourdes, a vovó Lourdes. As crianças ficavam vidradas com aquele programão. Vovó era exímia nessa arte, pois, nas partes de suspense, gritava; nas engraçadas, gargalhava; nas tristes, sussurrava. Estávamos diante de uma verdadeira atriz. Não tinha tempo ruim e, se tivesse que dançar, dançava, cantava, batia palmas, virava um brinquedo vivo nas suas performances.

Eu ficava muito hipnotizado diante disso tudo, porém a hora que eu mais gostava era quando o conto chegava no epílogo e ela perguntava: "E agora, criançada, qual é a moral da história? Quem sabe dizer?" Isso me enlouquecia. Nessa hora, eu ansiosamente precisava dizer tudo que eu tinha entendido (exatamente como faço hoje com a história dos meus clientes na prática da Psicanálise).

O enredo todo teria que ser resumidamente dito pelas crianças e tínhamos que provar que estávamos atentos, que éramos inteligentes, sensíveis, capazes de perceber a lógica do mundo. Lembro de ter arrancado algumas gargalhadas por ter dito, nos meus feedbacks, que a branca de neve era preguiçosa pois só os anões trabalham enquanto ela se olhava no espelho. Também perguntei se todos os outros animais do mundo eram pecadores, haja vista que Noé só levou na barca um casal enquanto todos os outros morreram afogados... e outras pérolas infantis que é melhor nem contar aqui. Porém a vovó adoeceu gravemente e, para a minha tristeza, por vício e necessidade dos seus contos, Iva, a minha babá, tentou substitui-la.

Iva era linda, tinha participado do concurso de miss Brasil, mas definitivamente não era o seu forte herdar o ofício da Delourdes. Um dia, após nos contar a história do patinho feio, sem muito ânimo, perguntou para a criançada sobre a moral da história e, sem deixar-nos responder, ela própria desolada respondeu — Pato Sóveve dentro d'água...

Passei muito tempo tentando entender a verdadeira moral dessa história, quem ou o que era o SÓVEVE. No dia que descobri que a frase correta era que os patos *só vivem* dentro d'água, corri numa soberba burguesa para consertar-lhe o português mal falado. Ela, num passa fora, disse: "Menino enjoado, eu não sou doce pra você gostar de mim, gostou, gostou, não gostou, gostasse... o que importa é o amor que temos no coração...essa era a moral da história, demorou, mas chegou, o que importa é o amor que temos no coração."

Adoro a história do patinho feio, a pluralidade da vida, a Iva com a sua simplicidade e, no geral, adoro as pessoas. Só não gosto dos encaixotados, dos preconceituosos, dos obtusos, do Sérgio Moro e dos patos que SÓ VEVEM dentro d'água.

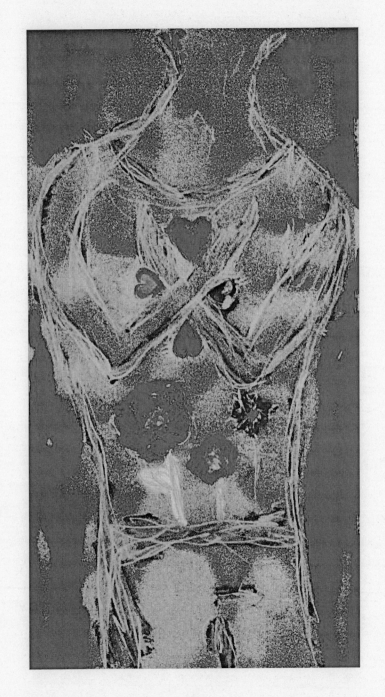

Sobre a Liberdade e outras coisitas aprendidas com os "loucos" ...

A engrenagem da responsabilidade começou cedo. Após essa profunda imersão nas peripécias do "Zé do Dojão" e de toda repressão familiar advinda das más companhias, eu próprio me recolhi a ponto de me tornar o que os jovens chamariam de "malandro comédia". Tinha quatorze anos, estava no primeiro ano do ensino médio e precisaria, em breve, fazer faculdade e me tornar alguém, como dizia papai. Sem restrição e com muito afinco me entreguei ao ofício nerd. Estudava de sete ao meio-dia, estagiava em um banco das treze às dezoito.

Detestava trabalhar no banco e a minha função era a de contar moedas. Era um verdadeiro sofrimento aquele lugar. Assim, passaram-se os dois primeiros anos e no terceiro a carga de esforços aumentou. Para tentar aprovação na faculdade, seria necessário estudar de manhã no colégio tradicional, trabalhar à tarde e voltar para o curso pré-vestibular à noite. Acontece que a sobrecarga somada à desconfiança de que existiria vida excitante e inteligente fora daquela cápsula da qual eu estava imerso me fez dividir o salário que recebia em quatro partes iguais. Passei a viajar todos os finais de semana para a cidade do Rio de Janeiro. Não sei dizer como, mas, mesmo estando na menoridade, viajava de ônibus, entrava em boates, ia a shows, tomava bebidas alcoólicas, pintava e bordava na cidade grande.

A década de oitenta foi um marco na cultura nacional. Era o fim da Ditadura Militar, início do movimento das eleições presidenciais emblemado pelas manifestações das Diretas Já. Eram dias marcados pela efervescência nos movimentos culturais. Na ocasião, o novíssimo rock nacional miscigenado pelo movimento

New Wave embalava as baladas da cidade. A liberdade se apresentava cristalinamente para a juventude e sempre andávamos de mãos dadas.

Liberdade e eu batíamos cartão nas noites cariocas. A música nacional era representada pelos Titãs, Paralamas do Sucesso, Kid Abelha, Legião Urbana, Barão Vermelho e muitos outros "ensandeciam", no melhor sentido do termo, os jovens. Nas artes plásticas, estava presente a hoje denominada "Geração Oitenta", que na ocasião exibia-se com todo vigor. No cinema, recebíamos as novidades mundiais e os filmes europeus. O mundo parecia se abrir e eu assistia cristalinamente a tudo isso. Apreendi a noção de átomo a partir do meu próprio ser... à medida que eu entendia a grandeza do mundo e a minha singularidade, percebia a vastidão da ignorância a que estava submetido. Era importante ter bom humor, estudar, conhecer, observar o mundo... sentir o cheiro do vento, ver os matizes do mar, sentir as cores das peles e ser empático a tudo isso. Essas coisas conversam muito conosco.

Foi nessa espécie de "laboratório" que ocorreu o desenvolvimento da minha percepção. Esse ato foi feito de maneira solitária e individual. Acho mesmo que sou um ser solitário, pois prefiro estar em minha companhia à das outras pessoas. Na ocasião, escolhi o Rio para estudar e viver. Ingressei na faculdade no curso de Psicologia e, imediatamente, comecei a trabalhar em um hospício. Eu só tinha dezessete anos na época e a ênfase neste momento da narrativa será nessa vivência e o que me tornei a partir daí.

Das muitas lições que aprendi com os loucos, a primeira teve grande importância e dividirei com vocês. Guardo a lembrança da tentativa de levar um paciente adulto a uma consulta particular. No hospício, trabalhava numa jornada de vinte e quatro horas a troco de moradia e alimentação. Só recebia uns parcos trocados além da casa e comida quando a carga de trabalho excedia o tempo estabelecido ou quando era solicitado para fazer acompanhamento particular a algum cliente.

Um dia, um cliente e eu saímos da rua Lopes Quintas, no Jardim Botânico, e tínhamos como destino o consultório de um médico em Copacabana. Logo ao saímos do hospital, ainda na primeira quadra, o malucão me olhou e começou a correr desesperadamente pela rua. Irracionalmente, tentei alcançá-lo e não obtive êxito. Ao bater em disparada, percebi que ele olhava para trás e sentia-se feliz por me ver angustiado. Parei, ele diminuiu a marcha, mas continuou me olhando. Desisti de segui-lo, virei-me em direção contrária e voltei para o hospital para informar a equipe sobre o ocorrido. Fui me acalmando e, durante o trajeto do retorno, o que eu dizia para mim mesmo era: "Não há nada que se possa fazer quando não há no outro a intenção de permanecer a seu lado." A alguns passos do portão do hospital, o tal camarada chegou bem perto e disse: "Oh, João, desistiu de me levar?". Disse a ele: "Vá procurar alguém que se disponha a correr atrás de você!" A partir dessa data, a aquisição dessa frase se tornou muito importante na minha vida, pois, quando vejo pessoas se rastejando por migalhas afetivas, digo: "Experimente virar-se em direção contrária para ver no que dá!". Era jovem na ocasião, mas a carne curtida feito pele de cobra me fez suportar o sofrimento do hospício e sempre procurar saídas nas situações difíceis. Aprendi muitas outras coisas nesse hospital e tentarei relatar essas aquisições em alguns capítulos.

O Bosco enlouqueceu....

Aprendi que todo relato, ainda que verídico, é metafórico e ficcional, pois, à medida que o ato vivido é assimilado por um ser artesanalmente disposto no universo, só ele será capaz de contar o que lhe aconteceu em vida. O hospício nos faz ver isso. Os homens tidos como "normais" não falam como os loucos; todavia, à sua maneira, todos os homens de alguma forma se comunicam. Ninguém deveria poder falar por outrem no mundo, salvo em situações excepcionais e profissionais. Cada qual deveria ter assegurado o direito de contar seus causos à sua maneira, afinal, é esse o fenômeno denominado de "lugar de fala". Se hipoteticamente três pessoas de profissões diferentes (um médico, um policial e um jornalista) assistirem a um atropelamento, os três contarão o mesmo fato, a partir de suas retinas, de suas lentes e de suas próprias óticas e todos terão razão. Quando conto meus contos, tenho a convicção de que ninguém saberia apresentar esses aspectos da minha vida da forma como eu os descrevo, assim como, inversamente, eu não saberia contar contos dos outros. Acho que até aqui está tudo certo. A alegoria da loucura e do louco ainda são signos sociais/coletivos muito fortes.

Imaginem um jovem de dezessete anos enfrentando um trampo pesado no hospício! Em alguns momentos, principalmente no início, foi enlouquecedor. Acho que nos dias de hoje isso nem seria permitido. A jornada de trabalho era dividida em dois plantões obrigatórios de seis horas e um noturno de doze. As contratações de estágios eram firmadas entre a supervisora da universidade e a do hospital, portanto éramos avaliados pelas atitudes que tínhamos e as que deixávamos de ter. O clima era tenso!

Assim que fui admitido, fui também recepcionado por um clássico maluco que me assustou muitíssimo. Era um senhor muito feio, bonachão de cabelos e barbas brancas, cacos de dentes na boca, terrivelmente marcado pela esquizofrenia, que andava atrás de mim o dia inteiro dizendo-se Jesus Cristo. Sentia muito medo daquela atitude dele e a percepção da minha ineficácia no mundo me frustrava sobremaneira, pois não havia nada que eu pudesse fazer para ajudá-lo a ser menos doente, nem tampouco que me fizesse sentir menos medo da situação. A evolução desse sentimento que durou semanas se transformou em fobia e, posteriormente, em desespero. Tamanha foi a angústia que um dia cheguei determinado a sair e desistir da profissão se ele me atazanasse. Maldito e abençoado dia que entrei porta adentro e veio ele atrás de mim dizendo a mesma ladainha costumeira "João, você sabe que eu sou Jesus Cristo, porque sou o Cristo Salvador e opero milagres etc." Naquele momento, tomado por um ímpeto de loucura e num grito muito alto, proferi a seguinte pérola "JESUS CRISTO SOU EU, PORRAAAA!" A minha cara de assombrado ecoou por todos os cantos da casa junto ao estrondo do berro. O maluco saiu em disparada gritando "Meu Deus, o Bosco enlouqueceu, o Bosco enlouqueceu, o Bosco enlouqueceu..."

Naquele momento pude, sem a menor consciência do meu ato, ser um espelho para a sua própria loucura. A partir daquele dia, os papéis se inverteram. Foi um divisor de águas na vida dele, pois com certeza o limite o fez entender melhor o que o acometia, o que era a loucura. Além disso, passou a ter muito medo de mim, pois, segundo o seu analista, houve imensa evolução no seu tratamento. A equipe vibrou com o feito e vimos que às vezes instintivamente tomamos atitudes acertadas e importantes nas nossas conexões com a vida. De maneira mais confiante, pude ouvir da supervisora que o talento antecede a técnica e que eu deveria prosseguir na minha caminhada. Acho que esse ato foi a primeira intervenção terapêutica que produzi em alguém. Foi o primeiro passo de uma jornada que começou há trinta e sete anos. Nessa ocasião, descobri que realmente viver é uma doença letal. Ainda bem que permaneci aceso e vivo nesse exercício de amor chamado Psicanálise.

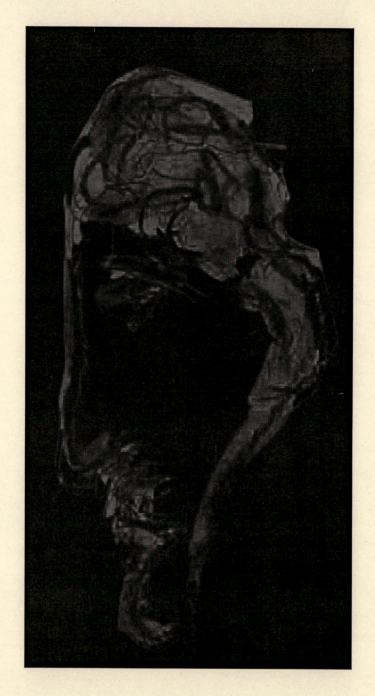

Freud, Nostradamus e Rock in Rio...

Nunca tive dificuldade de me convencer de que, por pior que alguns dias possam parecer, é muito melhor estar vivo do que não estar. Não ousem duvidar do que todos nós passamos, porém a vida nos conduz por caminhos inimagináveis. As nossas energias nem sempre são compatíveis com os desejos e planos do mundo. Portanto, há a necessidade de nos mantermos vivos, pois, por vezes, os sabores desconhecidos da existência poderão ser superiores aos que já foram experimentados por nós.

Essa ideia de apropriação de novos lugares da consciência somada às diversas tentativas de pertencimento a escalonamentos profissionais me fazia sentir como o personagem do livro *O Grande Mentecapto*, escrito pelo Fernando Sabino. Quando via, estava em um hospício sentado ao lado de uma supervisora medalhona da psiquiatria, um segundo depois estava sendo babá de malucos e, na mesma contagem das horas, estava embalado nas madrugadas da boate Mamão com Açúcar pulando feito louco nas vozes dos novíssimos cantores do rock nacional. Mamão com Açúcar era uma boate *new wave* da década de oitenta, localizada na lagoa Rodrigo de Freitas.

Dormia e acordava lendo Sigmund Freud. As incessantes buscas de sentidos na imensidão de oportunidades e estímulos acabavam me dispersando das atividades cotidianas, simples e corriqueiras. Queria ser como o Atlas, personagem da mitologia grega, aquele que carrega o mundo nas costas. A digestão daquelas excentricidades acabava por me produzir uma enorme desconexão da realidade prática. Realmente, na ocasião, era um jovem, nada mais do que isso; todavia o desejo de me tomar em mãos era antigo e conhecido. As contradições generalizadas iam desde aspectos biológicos passando por problemas existenciais!

Era uma época da vida que queria encontrar a lógica das coisas. Para vocês terem ideia do que digo, um dia estive na praia de manhã, almocei num restaurante natural de Ipanema, à tarde fui à cartomante e à noite no terreiro de umbanda. Fiz esse tour todo sem banho para retirar o sal do corpo. A rua era um mundo plural e o meu transporte era o vento, ia aonde a brisa me levasse...

Não me lembro se a cronologia dos fatos se deu exatamente nessa ordem, mas friso aqui que as contradições marcavam presença no meu agir. Embora mergulhasse de cabeça na efervescência carioca, não perdia o contato com a minha *amarcord*. Barra Mansa era um porto seguro, minha cidade natal, lugar de jovens com os pensamentos conflitantes com a juventude da capital. Os conterrâneos do interior, na maioria das vezes, eram tradicionais, porém antigos amigos e amores do coração... sim, verdade, vou redizer tudo para eles se sentirem amados: os meus melhores amigos eram barramansenses e eu nutria amor profundo por eles. Embora a conexão cultural das duas cidades fosse um feito extremamente complicado, não deixávamos de tentar dar um jeito nas diferenças.

A exemplo do que digo, o ano era 1985, ocasião do primeiro Rock in Rio. Estava na época com dezenove anos e, por conta desse megaevento, conectei-me com os amigos da terrinha para o apocalíptico festival. A logística era deveras complicada, pois eu era, na ocasião, o único a ter maioridade. O grupo era composto por quatro amigos, comprei os quatro convites e dissemos mutuamente para as nossas mães que iríamos para a casa das avós dos componentes dessa tramoia. A desculpa foi a mesma para todas as mães dos meninos do interior. "A" diria que iria para a casa da avó de "B", "B" para a avó de "C", "C" para a de "D" e, finalmente, "D" para a de "A". O plano ordinário, mentiroso e sem vergonha não era muito consistente, pois, na realidade, embora as nossas mães não soubessem muitas coisas sobre as nossas intenções, a principal questão era que nenhum de nós tínhamos as avós vivas. Era quase nada a nosso favor e todos os panoramas estavam confusos.

Vejam vocês, Nostradamus, o profeta visionário, havia previsto o fim do mundo para ocorrer no terreno do festival. As mães estavam sendo claramente passadas para trás, éramos um bando de menores viajando, bebendo e pirando. Mas, mesmo nessas impróprias condições, eu me sentia como um faminto no self-service. Não tínhamos referenciais de apoio, pois pessoas estabelecidas, e aparentemente seguras, não eram na realidade, nem de longe, donas de si. Elas também eram vorazes, pois faziam os mesmos circuitos que eu em busca de diversão. Isso me acalmava um pouco, mas, no final das contas, fui percebendo que os adultos nos quais os mais jovens se espelhavam eram cegos velhos guiando cegos novos...

Estava receoso, pois as pessoas "bem logradas" ou ajuizadas tinham motivos de sobra para não nos deixar ir. Porém elas eram donas de incontáveis exageros. Lembro-me de quando fui impedido de sair de casa pela minha mãe no dia 14 de maio de 1979. Tudo pronto para eu andar a cavalo na fazenda do meu tio, localizada na estrada que liga Barra Mansa a Angra dos Reis. A proibição se deu porque a nave norte-americana Skylab cairia naquele exato dia e, logicamente, poderia cair na minha cabeça. No entanto, a nave caiu um pouco distante de mim, nas águas cristalinas da Oceania, exatamente na costa da Austrália. Mas, por precaução, naquele dia eu não pude ir à fazenda, mais precisamente fui proibido de sair de casa. Por esses e outros exageros e proibições, não dizíamos nunca a verdade! Por caridade a elas e pela preservação dos nossos desejos, as mentiras eram "contadas". Aliás, duas coisas eram contadas: a mentira e o nosso mísero dinheiro. O que os nossos pais argumentavam era que, como iríamos para a casa das vovós, não precisávamos de dinheiro. Situação precária a nossa, devíamos valer muito pouco na concepção deles para serem tão miseráveis conosco. Impossível de se divertir naquelas circunstâncias! Mas, sem chorumelas, chegou o comboio dos "Menores do Barrão" para a capital carioca. A ansiedade era muita entre nós, pois, sem sombra de dúvidas, aquilo seria um acontecimento nas nossas vidas e daria uma manchete de jornal: "Barra Mansa direto para o mundo do Rock representada pelos astutos e corajosos jovens barramansenses".

Estava tudo pronto para o megaevento. Todos chegaram bem, dormimos em Niterói, na república onde eu morava. Checklist: dinheiro para as passagens de Niterói para a Barra da tijuca; rateio de todos nas duas garrafas de vodca; entradas do Rock in Rio nas mãos... contagem regressiva, quatro, três, dois, um! Entramos nos portões do céu. Nós quatro erguemos os braços para o alto, fechamos os olhos e cantamos: "Se a vida começasse agora, se o mundo fosse nosso de vez..." Quando os abrimos, estávamos em três: o "A" sumiu ali, naquele exato momento. Que desespero! O que houve com o nosso amigo? Foi sugado por um disco voador? A profecia começou a acontecer? Onde estaria o nosso rei do Barrão? Nos dividimos e tratamos de procurá-lo.

Caros leitores, passei a noite toda andando de um lado para o outro atrás do cowboy. Foi uma das noites mais exaustivas e angustiantes da minha juventude. Temíamos, porque era a primeira vez que o cidadão tinha ido para o Rio, "era de menor" (expressão muitíssimo usada na época), não tinha dinheiro, as passagens de volta estavam comigo, ele estava bêbado de vodca e eu estreava a minha maioridade. Amanheceu, voltamos desolados para Barra Mansa, certos de que ele já teria arrumado um jeito de voltar. Rezávamos para isso ter acontecido. Chegando na casa da minha mãe, não perdi tempo, liguei para a casa dele e sua mãe atendeu o telefone. Perguntei-lhe com toda a educação se o seu filho já teria voltado. Ela, mais educada ainda, disse: "Ele não estava com você, meu filho?" Respondi afirmativamente e disse que ele já estaria chegando na casa dela. Passado uma hora, liguei de novo e ela, muito assustada, disse que achava que alguma coisa errada estaria acontecendo. A minha mãe, percebendo a minha angústia, cobrou a verdade e contei tudo para ela. Sem pestanejar, pegou o telefone e me obrigou a contar todos os detalhes para a mãe do meu amigo. Assim foi feito, passei a ouvir a voz da senhorinha cada vez mais fraca do outro lado até emudecer de vez e, a partir daí, só ouvi sinal de ocupado.

Diante das óbvias previsões de Nostradamus, minha mãe me levou para o fundo do quintal, acendeu um pacote de velas para as almas aflitas do purgatório, na intenção do desmaio da mãe desesperada e do filho desaparecido. Todo esse ritual de fé durou mais ou menos meia hora. Depois disso, retornamos para casa e ligamos novamente. O meu amigo já havia chegado em casa e a sua mãe estava retomando a consciência.

Não quero mais continuar contando essa história... as conexões de Barra Mansa com o Rio ocorriam nesse nível. Por razões evidentes, eu me tornei devoto das almas aflitas do purgatório.

Seria intuição aflorada?

Como vocês puderam perceber nas narrativas anteriores, vivi precocemente e de uma forma muito acelerada. A adrenalina e a angústia nortearam de maneira desordenada e intensa a minha infância e juventude, perdurando até o início da fase adulta. Era um conjunto de fatores que me deixavam atônito. As queixas e preocupações dos meus pais com as minhas artes me punham sempre em estado de alerta, e me sentia como se eu fosse um bandido! Isso somado ao fato de que a minha ingenuidade me colocava em situações de extrema vulnerabilidade. Vou tentar exemplificar com uma história anteriormente citada nessas narrativas...

Um dia saí de Niterói para ir à praia em Ipanema, levando comigo o dinheirinho do sanduíche e do busão. Chegando lá, fiz um amigo que me chamou para almoçar em um restaurante natural e, durante o almoço, conheci duas amigas dele. Uma delas tinha um saco de fichas do orelhão e de dentro do restaurante a víamos desesperada ligando para alguém. Ela falava alto e chorava. Retornou para o nosso encontro dizendo: "Quem pode ir na cartomante comigo?" Claro que instintivamente levantei a mão. Ninguém mais a acompanhou. Fui à cartomante que ficava do outro lado da cidade, em Jacarepaguá.

A esotérica profissional resolveu fortalecer a questão da minha amiga, indicando-a para o centro de umbanda do lado da sua casa. Conclusão: saí de casa às nove horas da manhã com o dinheiro contado para ir à praia, e às dez e meia da noite estava a duas horas de distância de casa, sem banho, com sal no corpo, de short, camiseta e havaianas. Foram incontáveis as vezes que o vento me levou.

Eu me dei conta de que alguns fenômenos estranhos me acometiam. Vocês se lembram dos relatos já aqui contados das habilidades infantis? Os de colocar líquidos em recipientes estreitos sem derramar uma gota? Das vozes que me ajudaram no resultado da corrida de fórmula um e no bate-papo com o fantasma da tia Maria Ramos? Pois é, até a ocasião da juventude não sabia o que me acometia, sentia falta de ar tamanha desesperadora angústia.

Passei a construir a minha família na rua, com os novos e inumeráveis amigos mundanos. Adorava a faculdade, os professores e o hospital que trabalhava. Gostava da equipe, dos pacientes e do aprendizado que estava adquirindo naqueles anos de formação. Das muitas amizades duradouras que fiz, estava a minha querida professora de psicopatologia. Saímos da esfera da nossa relação profissional e passamos a ser amigos. Vera era uma mulher elegante, comedida, inteligente, delicada e sensível. Biotipo magro de tez muito branca, possuía muitas sardinhas no rosto. Um dia vi, numa página de revista, a propaganda de um sorvete de banana com canela. Era branquinho todo pintadinho de marrom com o título: "Novidade da *Sunshakes*, doce de banana com canela". Arranquei a página, dobrei a folha e coloquei em um envelope na mesa dela dizendo: "Se cuide, adoro você". Fiz exatamente como as crianças fazem quando deixam as maçãs nas mesas das professoras. Vi a hora que ela guardou o envelope na bolsa sem ler o conteúdo e, tranquilamente, deu a sua aula.

Posteriormente à aula, fomos para casa. À noitinha, o meu telefone convencional tocou (não havia celulares na época). Era ela, a Vera, com voz chorosa dizendo: "Sabe aquela mensagem que você me passou?". Antes de ouvir o que ela teria para dizer, senti um aperto no peito por pensar que a minha brincadeira teria excedido a carga de intimidade permitida. Senti o choque da minha própria condenação. E ela prosseguiu "João, quem te disse do meu problema?". O meu sentimento foi piorando, perguntei-lhe "Qual problema?". Ela respondeu "Ovário policístico, oras. Você me mandou uma matéria na véspera da minha cirurgia de que o tratamento não deveria ser cirúrgico, e no texto sugeria o médico responsável pelo novo tratamento.". O que aconteceu foi que Vera foi até o tal médico, tratou-se como deveria e, desse tratamento, realizou um antigo sonho de engravidar. Caio, seu filho, foi resultado da página do sorvete que a presenteei. Havia na página de trás essa matéria sobre a terapêutica a qual minha amiga decidiu então se submeter; eu não imaginava que ela teria o problema que me descreveu.

Ainda na mesma esfera das narrativas sobrenaturais, nessa ocasião morava na república com três outros rapazes de São Paulo, e comecei a sonhar diariamente com um rapaz que atravessava pelo meu quarto, me perguntava qual era o andar que estávamos, eu respondia que era o oitavo e ele se jogava da janela. O moço do sonho tinha cabelos cacheados tal qual um dos moços que morava na república — reservem as informações fornecidas para acrescentar que na época tinha uma colega de turma que trabalhava no mesmo hospital que eu e, quando eu não estava no plantão, ela estava, portanto o nosso papo era sempre sobre trabalho. Passei uma semana sonhando e, por conta desse sonho, dobrei as sessões da minha análise pessoal.

Disse à minha analista que achava que deveria comunicar a direção do hospital sobre o meu sonho. Ela me respondeu que, se eu comunicasse, a diretora certamente diria para eu resolver esse sonho na minha análise pessoal. Não estava muito convencido de que deveria ficar em silêncio, pois os meus sentimentos de angústia aumentavam e eu achava sério demais aquilo tudo. Foi uma semana naquele filme de terror. Convidei um amigo de Barra Mansa para passar o final de semana na minha casa e ele percebeu que estava deveras angustiado e triste. Disse-lhe o que estava acontecendo, e ele não soube o que me dizer. Sonhei de segunda a sábado, no domingo senti uma tristeza profunda. Na segunda-feira, ele me deixou na porta da faculdade e parou um pouquinho por lá para depois seguir viagem. Qual não foi a minha surpresa, quando Ana Lucia, minha colega de sala, bateu no vidro do carro e disse: "João, está sabendo o que aconteceu?". Disse que não sabia. Ela disse: "Não viu RJTV no sábado?". Ela então me informou que "M", paciente do hospital, havia sido liberado para visitar a sua família no sábado pela manhã, quando chegou no apartamento (oitavo andar), passou direto pela janela do quarto e se atirou. "M" era um jovem de cabelos cacheados e tínhamos imensa afinidade.

O meu amigo e a minha analista passaram a me ouvir melhor a partir desse fato. Poderia lhes contar muitos outros relatos do mesmo teor, todavia compreendo hoje que as ligações inconscientes são potentes discursos silenciosos e hoje opero muito bem com eles.

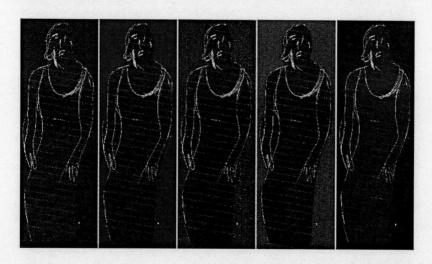

De novo, aprendendo com os "loucos"

Eu me situava entre as opiniões dos amigos, familiares da rua, professores, supervisores e a dos loucos — ah, escutá-los era importantíssimo.

Na década de oitenta, saíamos dos anos de chumbo da Ditadura Militar. Borbulhavam os movimentos estudantis, políticos, culturais e sociais. As livrarias prosperavam, os pintores do Parque Lage estavam sendo reconhecidos no mundo todo. Os centros culturais floresciam, toda a efervescência da Arte desabrochava na cidade. Sem querer ser saudosista, existia uma diferença imensa na postura da juventude da época para a dos jovens contemporâneos. As pessoas se engajavam naturalmente nas frentes que se identificavam. Era interessante ter cultura e sabíamos que não adquiriríamos informações sólidas distante das universidades. Algumas profissões estavam em alta, como a dos cientistas políticos, diretores de arte, atores, psicólogos e filósofos. As escolas sempre foram a retaguarda e o referencial de conhecimento para a mocidade da época. É interessante pensar que historicamente quarenta anos se passaram e, em tão pouco tempo, decrescemos tanto a ponto de ignorarmos o lugar das artes, da cultura e o da própria universidade. A diferença empírica dessa questão é que, na época, poderíamos até inicialmente discutir qualquer séria questão regada a chopps nos bares da Lapa, mas, posteriormente, os assuntos realmente importantes deveriam ser depurados e iriam para as universidades, donde seriam conduzidos por professores mestres e doutores. Atualmente, tenho a impressão de que os assuntos sérios relativos à saúde, à educação, à cultura e à política são totalmente resolvidos nas mesas dos bares por pessoas embriagadas. Vemos ignorantes prescrevendo medicamentos para doenças seríssimas e pessoas despreparadas se arvorando na política, nas leis, nas artes e até mesmo no campo dos sentimentos.

O sociólogo polonês Zygmunt Bauman nos falou recentemente sobre o fenômeno dos amores líquidos na contemporaneidade. Acho que, para além do estado líquido, o amor se gaseificou. É só um cheirinho... é como o cheiro delicioso do alho que sentimos quando nossos vizinhos estão cozinhando. Pena que não tem nada de nosso no jabá alheio. Talvez amar seja o maior investimento humano. Acontece que, nos dias de hoje, lamentavelmente o amor está valendo muito menos do que os pequenos bens de consumo. Os smartphones estão em alta!

Mas, voltando ao que estava dizendo de dar voz aos loucos, vou lhes explicar os meus motivos. Resolvi fazer alguns experimentos empíricos a partir dos relatos que ouvia no hospício. Um dia, um dos moços me contou que estava internado, porque havia tentado o suicídio. Perguntei-lhe se ele achava certo estar internado por isso. Ele respondeu afirmativamente, pois caso contrário já teria morrido. Perguntei-lhe como teria tentado se matar. Ele respondeu que estava esperando um ônibus na praça da bandeira em horário de pico, e que foi sentindo uma louca ansiedade e aflição. Ele planejou atravessar a rua debaixo da passarela, não se importando se um carro o atropelaria. Fez questão de frisar que poderia ter atravessado pela passarela se estivesse em estado normal de consciência, mas resolveu naquele dia dar fim à tormenta da vida. Dessa forma, tentou morrer, e os carros ora desviaram, ora frearam, para evitar o atropelamento, mas foi resgatado pelo corpo de bombeiros.

Sem que o meu cliente soubesse, a partir das suas informações, fui até o endereço que ele me forneceu e vi diversas pessoas tidas como "normais" atravessando embaixo da passarela, realizando o mesmo ato insano em horário de pico. Fiz questão de perguntar a algumas delas se já tinham tentado o suicídio, e, obviamente, disseram que não. Inacreditavelmente descobri que a consciência de alguns "loucos" é infinitamente maior do que a de alguns "normais". Testei outras modalidades de suicídio.

Um outro senhor "louco" disse que bebeu muito álcool e tomou comprimidos psiquiátricos para morrer e disse que por isso estava internado. Incontáveis foram as pessoas que conheci nas madrugadas que tomavam substâncias psicoativas com álcool para curtirem baratos. Também perguntei a todas se elas já teriam tentado o suicídio, e, por unanimidade, responderam-me que não.

A presença física dos loucos e da loucura na minha vida por um grande período me assustou muito. Não temia a loucura daqueles esquizofrênicos facilmente diagnosticáveis, mas daqueles outros cujas loucuras se assemelhavam às minhas. O fato de alguns estarem confinados e eu livre me trazia enormes interrogações. Naquele território que eu vivia, não havia distinção de nada. Éramos tão somente amigos, de todas as cores, sexos, credos e idades. Não sei como foram os anos anteriores à minha juventude, mas vivia uma tão grande liberdade que nem sabia ao certo o que significava a palavra preconceito. Até este ponto a narrativa foi assim...

Hair não foi um filme.
Meu pai o viu, de fato

Já não me restavam resquícios da ingenuidade que, no geral, são proporcionados pela relação das mães com os filhos. Sentia um certo pesar por crescer e perder aquelas noites deliciosamente confortáveis de ter a mãe do meu lado cantando uma linda adaptação da "Ave Maria" na cabeceira da cama na hora de dormir. Ela me ninava sempre e dormia com as suas mãos no meu cabelo. Acho que é a lembrança mais afetiva que trago na memória. Aos quatorze anos, perguntei-a sobre um lençol quadriculado de patinhos amarelos e azuis que cobriam o meu berço e, emocionada, lágrima nos olhos, ela respondeu: "Você se lembra desse lençol, meu filho?". Disse-lhe: "Completamente, era o lençol do meu berço". "Mas eu doei o seu berço quando você tinha um ano e meio com o colchão, lençol e fronha... essa lembrança é muito primitiva", disse ela. E continuou a me interrogar "Você gostava de como eu era para você nessa época?". "Gostava muito", respondi. A minha resposta fez com que ela caísse num choro carinhoso de sentimentos profundos que nos unia muito. Minha mãe sempre foi daquelas que fazia questão dos nossos aniversários. Deixava a escolha do menu por nossa conta e permitia que convidássemos todos os amigos que desejássemos. Certa ocasião, relutou em me dar um cordão de ouro que teria sido deixado de herança da vovó Lourdes, e ela estava certa, pois, numa briga na rua com um moleque, arrebentei o cordão em mil pedaços. Sentia muita tristeza quando a feria ou a decepcionava. Aos doze anos fumava escondido, e um dia, quando acordei, a encontrei ao lado da cama me esperando acordar para perguntar se eu realmente estava fumando. Da forma como fui abordado não teria como mentir. Ela chorou muito e eu tomei horror de cigarros por vê-la sofrer.

A forma como estava vivendo na juventude era muito destoante de todo esse carinho e pureza que me tinha sido ofertado. Na selva de pedras tinha de tudo: doidos legítimos e *fakes* doidos, jovens usuários de drogas, iniciação na sexualidade, pessoas de todos os credos, raças e sexos, viciadas ou não em drogas e eu sendo, no meio disso tudo, uma coisa que não era e não conseguia ser — o meu próprio superego.

Um dia, fizemos uma festa da faculdade para quarenta jovens no apartamento de férias dos meus pais. O imóvel tinha sessenta metros quadrados, um único banheiro, uma cama de casal, outra de solteiro e um sofá. A festa era constituída de inúmeros garrafões de vinhos vagabundos, servidos em copos de plástico descartáveis, à luz de muito rock-and-roll. É claro que o adicional drogas era de foro íntimo de cada jovem presente. No prédio, situado em uma zona nobre da cidade, só tinham moradores idosos e, à medida que a festa começou a esquentar, eles começaram a interfonar e a telefonar para o apartamento. Retiramos o interfone e o telefone do gancho e continuamos com a nossa esbórnia. Os moradores começaram a agressivamente ligar para a casa dos meus pais em Barra Mansa e colocaram terror dizendo o que estava se passando no apartamento. Minha mãe obrigou meu pai a pegar o carro e ir para Niterói acabar com a nossa festinha. Papai se recusou a ir de madrugada, porém, de manhã cedinho, partiu para resolver a missão da qual tinha sido designado. Na festa aconteceu o que normalmente acontece entre pessoas embriagadas: todos caídos de bêbados, corpos espalhados pelo chão, guimbas de maconha e de cigarro por todos os cantos, vestígios de sexo, enfim... a visão do inferno. Nas duas camas e no sofá fizemos superlotação. Papai chegou em Niterói, abriu a porta da casa, foi pulando os corpos até chegar na minha cama, que tinha cinco pessoas dormindo profundamente. Encontrou o meu corpo, sacudiu-me delicadamente para eu acordar e disse: "Meu filho, estou te esperando lá embaixo do prédio para tomarmos café.". Quando abri os olhos e o vi chamando, tive a impressão de que estava no cenário do filme *Hair*. Ouvia em coro os meus amigos estirados acordando uns aos outros ressaqueados, esparramados pelo chão dizendo "Acorda, é o pai do cara, acorda!". Em menos de meia hora foram descendo em fila indiana e passando pela portaria sobre a filmagem dos olhos do meu pai. Após todos saírem, papai subiu, deu uma geral na casa, deixou-me dormindo até a hora do almoço e me levou para almoçar numa churrascaria onde comemos fartamente. Ele não tocou no assunto. Após almoçarmos, retornou para Barra Mansa, e ele me deu um dinheiro, despediu-se de mim com um abraço e com o tradicional "fique com Deus". Horas depois, já à noitinha, toca o telefone e é minha mãe ainda muito nervosa dizendo: "Você prestou muita atenção em tudo o que o seu pai lhe disse, não é? Ouviu bem?". Respondi afirmativamente com voz de submissão e depois pensei que aquela teria sido a melhor conversa que o meu pai teria tido comigo em toda a minha jovem vida. Ele não disse absolutamente nada, mas, por vezes, o silêncio é uma prece! Acho que naquele momento o seu sentimento de compaixão prevaleceu!

Sobre o sofrimento psíquico

Em um período de muita angústia e aflição, fui tomado por uma insônia horrorosa. Quando conseguia dormir, era porque estava sendo abatido por um desfalecimento impositivo do cansaço. As primeiras horas matinais eram doloridas e, assim que despertava, espreguiçava-me emitindo uns estranhos grunhidos. Esses sons eram como pruridos de tristezas que se deslocavam como grãos de areia e me impregnavam a alma. Tinha na ocasião a impressão de que as dores armazenadas deslizavam para a boca quando gritava, falava ou chorava. Os dispositivos de expulsão dos resíduos retidos no meu coração, na garganta e na cabeça, precisavam desaparecer do meu corpo. O dizer por meio da fala é um dispositivo de abrir caminhos no Inferno. A oração é isso! Nunca imaginava perceber tão claramente a relação entre os sentimentos e o coração. Esse órgão é o fiel depositário das emoções (não seria ingênuo de achar que seria o único), porém ele representaria também o *front* da vida, das batalhas e das emoções. Evidentemente que consultei um cardiologista para me explicar sobre as metáforas atribuídas aos amarcords — ele, por sinal, ajudou-me muito. Quando alguém diz que algo vem do fundo do coração ou que alguém mora no seu coração, não duvido de jeito nenhum. O conjunto de metáforas contido nessa afirmativa é tão complexo quanto as artérias e as cardiopatias. Imaginem quando esses imprescindíveis alguéns que moram nos nossos corações morrem ou partem, deixando-nos sozinhos como acontece nos términos de namoros e casamentos. Acho que nessas ocasiões nos tornamos casas vazias, mofadas, fungadas e abandonadas. Na prática de vida e de consultório esses foram os casos aos quais mais dediquei a atenção.

Neste capítulo trataremos desse tema. Esses pruridos de tristeza são tão difíceis de serem expulsos das nossas entranhas como são os bernes que viram bicheiras nos corpos dos cães. Um dia, após começar a escrever sobre esses microssentimentos de sangue pisado, sonhei com pequenos cães vermelhos alados, como demônios sobreviventes das profundezas do coração. A tristeza pressente quando estamos para denunciá-la e esperneia para permanecer alojada dentro de nós. Ela nos abate como as leoas caçadoras abatem as zebras das savanas. Quando se amontoa em cima das vítimas, estas são sugadas na jugular. Acho que é por isso que por séculos as dores psíquicas foram confundidas com os estados de possessões. Há que se ter, da parte dos acometidos, coragem para não se permitir prosseguir dessa forma obscura. O sonho ao qual me refiro era regido por uma atmosfera avermelhada, contava com um exército de buldogues também vermelhos, alados como morcegos, que ferozmente latiam e babavam de raiva por se verem contrariados a alguma possível atitude minha ou até mesmo contra o meu estilo de vida. Essas estranhas criaturas, pelo menos naquele momento do sonho, habitavam a minha in/consciência e eram insuportáveis, ainda que estivessem tão somente presentes na instância simbólica do meu ser. O gesto imperativo nos ataques dos buldogues do referido sonho anunciava claramente que a minha existência contrariava a uma determinada ordem e que por isso eu mereceria o castigo de ser atacado pelos cães. Ainda na esteira da reflexão, eu me reportarei ao personagem Zaratustra, de Nietzsche, que sonhou que olhava para um espelho e viu a sua imagem refletida na figura de um demônio. Zaratustra passou, a partir desse fato, a refletir sobre o seu sonho nos aspectos que o tornariam nefasto e demoníaco e, por estas circunstâncias, se preocupou com isso.

Acho que, na Filosofia, essas reparações são pertinentes. O velho pré-socrático Isócrates, no afã de homenagear a cidade de Atenas, dedicou anos a se reconciliar com os cidadãos atenienses com quem porventura tivesse se indisposto na trajetória de sua vida. No pensamento do filósofo, esse ato seria necessário para validar as suas intenções e se tornar digno de prestar a referida homenagem à cidade. Essas cargas sociais todas, que são moralmente atribuídas à nossa pessoa (seja pela profissão, religião ou uma outra culpa qualquer), um dia se tornam pesadas demais. Não penso de forma alguma que me encontro perante uma frágil questão quando estou diante dos signos contidos nos sonhos. Sei que o simbólico rege a densidade corporal e aprendi empiricamente que as coisas aparentemente frágeis como a água, o ar e o pensamento são as mais corrosivas e destrutivas do planeta. A água, assim como num exército de formiguinhas, por onde passa uma gota passam todas. O vento, que circunda o rochedo, abraça-o num envolvimento eterno e nunca mais deixa de erudi-lo. É bem verdade também que as palavras quebram ossos. Acontece que esses sonhos de monstros e demônios deixam de nos perseguir quando os analisamos e os transformamos em outros significados. Acho que existe um invólucro perverso que estrutura o surgimento das nossas doenças, assim como o vento estratégico que temporalmente atrofia os rochedos. Nesse caso, dos cães alados, lutei contra cada um deles. No final das contas, transformaram-se em membranas desprovidas de forças e de poder. A partir das suas mortes, um mundo festivo e colorido surgiu no próprio sonho, anunciando que os meus monstros não me assustavam mais.

Imperativo da realidade...

E nessa perspectiva de compreender que ora falamos com o mundo e ora o mundo fala conosco, precisamos ser resilientes para suportar quando as severas vozes mundanas nos impõem condições adversas aos nossos desejos. Por algumas vezes, não temos a menor condição de reagir aos estrondos do mundo quando este se faz valer da sua autoridade. Posso tomar como exemplo quando reservo mensalmente uma quantia destinada a realizar a viagem dos sonhos. No período que deposito com esse propósito, vou também conversando com o tempo e me imaginando feliz por vislumbrar lugares por onde desejo passar. Dessa forma, vou sentindo o cheiro da ilusão, prossigo por meio do desejo, inserindo-me e me inscrevendo numa espécie de futuro delirante. Nesse ato, é como se estivesse ditando as regras de um porvir, algo como a prospecção da felicidade. No entanto, como ficaria a minha vida se algo inusitado me acontecesse na véspera de viajar? Se me acidentasse com o automóvel e se fosse obrigado a usar o dinheiro para outro fim? Se algo inimaginável me acometesse. Nesse caso, a linda paisagem da Toscana se substituiria pela sórdida atmosfera hospitalar. É claro que não é só no âmbito da sordidez que esses diálogos controversos aos nossos prazeres acontecem. Por vezes, esperamos ser acometidos por coisas horrorosas que não se realizam. Sabe aquela prova incógnita da faculdade que espero ir mal e obtenho a nota máxima? Isso também é provável no jogo chamado "vida"! Somos tolos quando dizemos que detestamos surpresas, pois precisamos reservar um espaço psíquico interno para vivê-las. A centelha vital é repleta de insídias e precisamos a todo momento acomodá-las no nosso coração.

Lembro-me de uma história vivida na infância que ilustra bem o que pretendo dizer. Na ocasião, talvez estivesse com uns seis anos e meus pais me levaram a uma praia linda. Minha mãe me pegou pelas mãos e começamos a escavar a areia. Passamos a tarde construindo um pomposo castelo. Estava adorando a brincadeira quando uma onda muito forte o nivelou ao estatuto de areia. Nesse momento, minha mãe chorou... devia estar fragilizada por algum motivo que não sei qual era. Tenho até a impressão de que, no nosso processo de construção, ela imaginaria que em algum momento o sonho desabaria, todavia, posteriormente, envolto na gostosura da brincadeira percebi que, enquanto ela construía a arquitetura da ilusão, esqueceu-se que a demolição seria um fator provável. Até o momento da implosão eu não estava triste e, por mim, refaria tudo novamente, continuaria a brincar na areia quentinha em oposição a água geladinha. Mas quando ela trouxe a teoria de que a vida era como os castelos de areia e me falou que os nossos sonhos virariam pó, uma sórdida realidade se apossou da minha estrutura emocional. Vi que para ela a brincadeira havia acabado. Então, recompus-me rapidamente, bati as mãozinhas sujas de areias e fui pela primeira vez na vida psicólogo. Apertei as mãos dela e olhei-a nos olhos lacrimejantes. Disse-lhe: "Mas estava tão legal a brincadeira! A água estava bonita, estava tão gostoso brincar com você. Não tem importância não ter castelos se temos braços, pernas, areia, mar, baldinho e pá para brincarmos de novo." Ela chorou mais ainda quando me ouviu dizendo isso e tentou retomar a construção. Não conseguiu, pois estava muito destruída por um motivo que não sei qual era, mas eu estava muito firme sendo um pequeno analista.

Por muitas outras vezes no curso da minha vida, brinquei com pessoas cujos castelos haviam desmoronado. Sempre assim, agradecendo a água geladinha, a areia quentinha, a pazinha, o balde, o céu azul, o movimento das pernas, dos braços e sobretudo de um coração pulsante que nos comunica diariamente que ainda estamos brincando de viver. Sei que, por muitas outras vezes, cheguei triste ao lado dela por alguma provável derrota e ouvi isso, algo que se tornou uma espécie de mantra para nós: "Não tem problema, meu filho, se temos céu azul, areia quentinha..." e por aí vai...

A vida é bela. A vida é bela?

A vida não era fácil! A família era composta por quatro filhos e eles trabalhavam muito para nos sustentar. Oficialmente, meu pai labutava em uma empresa multinacional e minha mãe era professora de uma escola municipal. Digo oficialmente, porque ambos necessitavam complementar a renda e, dessa forma, ela vendia joias e produtos de beleza e ele, por qualquer folga no calendário, buscava artigos no Paraguai para revender. Meus pais foram realmente dignos nas suas personalidades. Sustentavam qualidades incontestes, não existia vícios entre eles, nunca os vi se agredindo ou mesmo se destemperando. Estavam sempre juntos e felizes. Eram exemplares na conduta social e na honestidade. Acontece que, tendo as vidas completamente ocupadas, necessitavam fazer, das mesmas pesadas horas de trampo, horas também de lazer. Não era incomum minha mãe nos colocar para "ajudar" nos dando os gabaritos e diários para corrigir as provas dos alunos da escola que lecionava. Inicialmente, éramos convidados para brincar de "escolinha" e depois caíamos na pilha, parando apenas quando toda a correção estava finalizada. Na maioria das vezes fazíamos coisas em conjunto com eles e nem todas eram completamente apropriadas, o que não quer dizer que fossem desagradáveis. O amor nos amontoava e esse sentimento era motriz para desempenharmos estranhas atividades.

Aos quatorze anos, conforme descrito anteriormente, dirigia o carro, então levava os meus irmãos menores para a escola. Essas "brincadeiras/ofícios" se assemelhavam às condições do filme *A vida é bela*, de Roberto Benigni, exibido no ano de 1997. O filme trata da relação de um judeu aprisionado com o filho em um campo de concentração. O pai tenta sublimar os horrores da vida carcerária minimizando substancialmente as brutalidades ocorridas no interior da prisão, reduzindo, assim, os impactos, as marcas e os sofrimentos presentes na vida da criança. A atitude paternalista do personagem é formidável, e o aspecto lúdico proposto por ele deixa as pesadas dores imperceptíveis. Acho que meus pais fizeram isso conosco. As "diversões" eram engrenagens dos ofícios deles, mas éramos mutuamente amados e acabávamos tirando alguns bons partidos das situações.

Nessas descrições vocês já entenderam que, pelo rumo da prosa, vivíamos no fio da navalha, portanto tínhamos que colaborar e ponto final. Naquela época, valia a máxima de que criança não tinha querer, todavia, obviamente que tinha sim. Naquela etapa da vida, compreendia que eles eram malabaristas para não nos deixar privados de nada. Lembro-me certa vez de precisarmos todos buscar as "encomendas" no Paraguai. A lotação era de seis pessoas. No carro, dois adultos iam no banco da frente e quatro crianças no de trás. Enfrentaríamos mil cento e dezesseis quilômetros e dezoito horas de estrada para ir e o mesmo tanto para voltar. Na moda La Dolce Vita, Benigniana, teríamos direito a escolher roupas novas de "marca" como presente quando chegássemos na Cidade del Este. O sofrimento da distância era embalado pela promessa de consumo. Valeria à pena chegarmos no destino e, por mais cansados que estivéssemos, sairíamos a procurar pelos presentes. Em um minuto de ronda, eu e os meus irmãos estávamos vestidos de calça camisa e tênis paraguaios, exceto a minha irmã, que, com um semblante triste e frustrado, não encontrou nada que a satisfizesse. Quando a vi naquele estado, deixei a minha alegria de lado e saí a procurar qualquer coisa que a deixasse feliz. Não sei o que lhe aconteceu naquele dia, pois nada lhe enchia os olhos. Depois de muito revirar as lojas, seus olhos se encantaram com uma pequenina bailarina de louça que, segundo o vendedor, mudava de cor quando chovia. Mesmo dizendo-se satisfeita com o seu presente, senti muita pena, pois o objeto era muito inferior aos nossos presentes, todavia a afeição demonstrada por ela à boneca me fez abrandar a tristeza.

No retorno para Barra Mansa, ela voltou agarradinha com a bailarina nos dedinhos e dormimos amontoados no banco de trás. Estávamos completamente exaustos e, até hoje, não sei como aguentávamos, principalmente os meus pais, que ainda por cima temiam que os policiais das barreiras fiscais lhes tomassem as mercadorias. Eu não dormia completamente, pois ficava atento a tudo, sendo muito solidário e sensível a essa espécie de campo de concentração benigniano. Passamos por todos os postos e não fomos fiscalizados. Chegamos feito flagelados, destruídos pelo cansaço e pelo incômodo da torturante viagem. Estávamos sãos e salvos como comumente dizia meu pai. Na hora que minha mãe abriu a porta de trás para libertar a criançada, minha irmãzinha sonolenta, agarradinha na sua bailarina de chuva, tropeçou e caiu, deixando quebrar em mil pedaços o seu presente. Só quem leu e se emocionou com o livro *O velho e o Mar*, de Ernest Hemingway, sabe do que estou falando. Foi uma dor dilacerante ver os seus olhinhos pretos procurarem os meus para decifrarmos juntos o horror daquela perda. Perdemos muito mais do que uma bonequinha de chuva. Naquele momento, o barulho da dor era tanto que se ouvia o eco da queda do objeto como se fosse um meteoro.

Muita coisa mudou na minha vida depois desse dia. A mais importante delas foi não querer mais roupas de "marcas", pois as marcas ficaram tatuadas no coração e na pele.

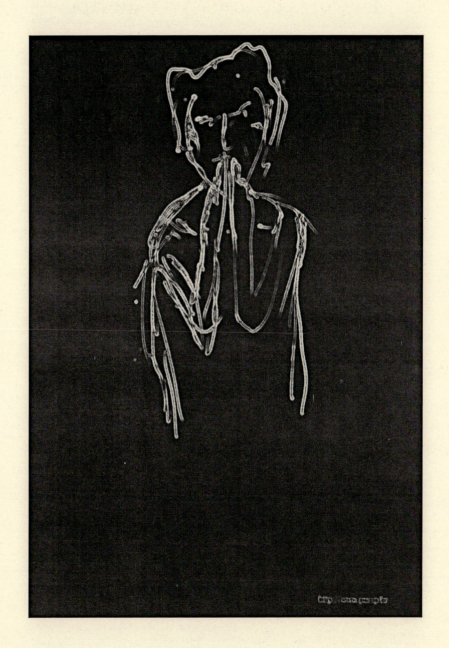

Memórias de um vivo e morto...

Além do amor que nutria por ele, existia uma gratidão muito grande pelas coisas que me ensinava. Passei a ser mais culto e inteligente ao seu lado. Entendi que ratos, quando envelhecem, viram morcegos, e que duas coisas matam: tomar banho de barriga cheia e manga com leite. Algumas aleijam seriamente, como cortar o cabelo depois do almoço. Passear nas margens do rio Paraíba à meia-noite significava pedir para se encontrar com o perigosíssimo caboclo d'água. Falar palavrão na Quaresma acarretaria punição divina na certa. Não tive o desprazer de ver os inumeráveis lobisomens de quem ele havia corrido e contra quem havia lutado, mas sabia que eram vistos com frequência no parque das preguiças. Verdade! Muitos barramansenses os viram também, não foi só ele. Zé era daqueles que não devemos desafiar, quando eu dizia "duvido que você faça tal coisa", era quase instantâneo o aparecimento do fenômeno que fora duvidado.

Esse tempo aparentemente incontável que relato para vocês foi a época que estivemos próximos. É muito reducionista pensar que toda intensidade das peripécias a seu lado durou no máximo quatro anos. Descobri muito mais tarde que o calendário positivista do tempo, esse calendário ordinário de minutos, horas, dias, meses e anos, pode não traduzir o tempo real. Quando somos felizes, o tempo passa rápido. Quando sofremos os segundos viram horas. Disse aqui que Zé era precoce e, aos dezesseis anos, começou a namorar. Engravidou a moça e foi desaparecendo dos meus olhos. Fomos perdendo a frequência e diminuindo a intensidade dos nossos contatos até desaparecer por completo. Passei a vê-lo muito amiúde e, sempre que reaparecia, estava de novo filho e de novo amor.

Além dessas coisas relativas à ciência dos ratos e morcegos, aprendi comportamentos importantíssimos com ele. Generoso como poucos, Zé jamais deixava de dividir o que quer que fosse com quem estivesse ao seu lado. Era amigo de todos os malucos e mendigos da cidade, e os apresentava para as pessoas importantes como sendo seus amigos. Outro adjetivo inconteste: era corajoso e bom de porrada. Nada demais dizer que ele era bom de porrada, pois não brigava à toa e tinha critérios bem definidos para se atracar com alguém — era um cara de bom coração, mas o que não lhe parecia justo resolvia na mão. Fomos criando uma espécie de malha sentimental invisível e nos tornamos uma sensível família. Os "Zés do Dojão" eram estranhas criaturas que tinham coração. Nos consolávamos em momentos de dor e de aflição, e não eram poucas essas situações. Acho que esse foi o primeiro laboratório de psicoterapia da minha vida. Mesmo que não percebêssemos claramente, o tempo passou e fomos virando uma espécie nostálgica da versão da música *No Woman, No Cry* cantada pelo Gilberto Gil. Amigos presos, amigos sumindo assim, para nunca mais...

Ninguém no grupo era filho de ninguém. Não tinha moda, patriarcado, dinheiro, responsabilidade, nada disso. O que havia era pressentimento. Tínhamos pressentimentos de alegrias, de tristezas e de solidariedade. Achava estranho as pessoas temerem estar conosco, especialmente os meninos da nossa idade. Passados os anos e recapitulando tudo, descobri que o sujeito para ser um "Zé do Dojão" teria que sustentar muitos sentimentos alternativos difíceis de serem acolhidos e acomodados na consciência. Tanto assim, que um dia acordei com muito mal-estar, vomitei muito, fiquei mareado e triste. Chorei sem motivos e naquele dia achei a vida cinza, muito ruim, quando fui ver um dos nossos amigos estava sendo internado em um hospício. Sua mãe o internou no hospital de Quatis por abuso de drogas. Pobre coitado, nunca mais ficou normal.

A nossa turma começava a apresentar sinais de ferrugem. Anos mais tarde, já adulto, fui desolado para a casa dos meus pais em busca de um alento. Nesse maldito dia, uma angústia imensa se alojou no meu peito e sentia pontadas de aflição. Ao abrir a porta, ele, meu pai, que nunca tinha me abraçado com força, abraçou-me e disse: "Não fique assim, meu filho, tudo passará!". Perguntei-lhe não querendo ouvir o que havia acontecido. Ele respondeu: "Você não soube? A polícia matou o Zé, próximo daqui de casa."

Caros leitores, vocês podem imaginar como me senti com essa notícia? Já se sentiram sem chão na vida? O mundo cindiu naquele momento! Sim, estávamos distantes, vidas que tomaram rumos diferentes, mas, ainda assim, senti no peito a dor de todos aqueles tiros da notícia do meu pai. Por que não fizeram com os atos e pensamentos dele o mesmo que a minha mãe fazia com as nossas linhas? Mas matar? Era isso? Não imaginava que para as pessoas "normais" éramos tão execráveis assim. Algumas pessoas da cidade, que sabiam da nossa amizade, aproximaram-se e disseram: "ele descansou". Descansou do quê? Cansado era a última coisa que o meu amigo poderia ser. Morreu cheio de vida! Sempre quis lhe prestar uma homenagem, mas na minha cabeça nada terá o seu tamanho. A grandeza dele nunca será vista e reparada pela sociedade. Nunca mais existirá outro Zé na face da Terra. Muito teria a escrever nessa espécie de epílogo, acontece que isso reabriria aqui no meu peito antigas feridas de felicidade e saudade. Nunca lhe prestei uma homenagem, porque também, com a sua morte, nunca mais fui do mesmo tamanho.

Nos dias em que me lembro, o imagino todo dono de si "domando o Dojão", exatamente como o motoqueiro do filme norte americano *Easy Rider*, de 1969. No filme, analogamente, o personagem domava a sua motocicleta Harley Davidson com maestria, porém a sua liberdade o matou. Às vezes, em dias difíceis, olho para o céu e grito "Zé" bem alto para desobnubilar o tédio. Depois, tudo passa... tudo passa. Tudo passa!

Meu irmão Marcelo....

Não quero ouvir aquela frase chula que comumente nos dizem em situações difíceis: essa história de "vamos virar essa página" não é comigo. Nas páginas da nossa vida estão escritas a nossa história. Vivemos e morremos construindo essa espécie de livro dos nossos registros. Oras, é a nossa passagem sobre a terra, isso é realmente importante! Na vida, ter um filho, plantar uma árvore e escrever um livro nos assegura a perpetuação. A árvore a longevidade, o livro, os nossos rastros e o filho são o desdobramento da nossa natureza. Todos nós temos esse livro imaginariamente escrito dentro das nossas cabeças e duvido que, em situações vividas, não pensamos que as nossas vidas dariam um bom livro. Talvez por isso mesmo que a vida seja o nosso bem mais precioso.

Os meus amigos foram morrendo ou desaparecendo do meu caminho, mas sempre reflito sobre o aprendizado que adquiri estando ao lado deles. O amigo mais recente a morrer foi o meu irmão, o churrasquinho, o X9 que se tornou o meu melhor anjo. A nossa amizade surgiu anos depois dessas confusões relatadas. Há exatos doze anos confidenciei a ele um segredo vital. Marcelo foi impecável e incansável em me ajudar. Dizem que os irmãos surgem na terra para realizar atividades ancestrais. Talvez seja mesmo possível, pois eu e o meu irmão somos mesmo muito diferentes, somos opostos, todavia as necessidades de expurgar as diferenças foram resolvidas aqui neste campo de futebol denominado "vida". A questão é que a partida sempre acaba e, nesses diversos jogos de existir, vamos jogando com o tempo, interagindo com as pessoas, fazendo a bola rolar...

Em um único aspecto tive pena do meu irmão. Cada um se torna o que é pela força das circunstâncias. Logo quando nasceu, o meu avô materno proferiu uma profecia em sua tenra infância de que ele seria um grande médico quando crescesse. Enquanto não crescia, ainda menino, dedicou-se à tarefa de ser o ofício designado a ele, literalmente sacrificando a sua vida. Acatou a voz do patriarca como um destino proferido ao seu ser. Talvez meu avô tenha tido razão, pois ele se tornou um grande médico e um grande homem. Sempre surfei na necessidade de não "ser" o ser que foi designado a ele, mas chegamos nos mesmos lugares. Marcelo foi o médico dedicado, o irmão que não se misturava com a tagarelice, com a fofoca e com a estupidez. Minha grande alegria foi saber que ele me protegeu da dor, do dolo, do rolo, do tolo, do fofoqueiro inerte na ignorância e na maledicência. Todo guerreiro descansa, aperfeiçoa-se, evolui e parte. Nas diversas etapas do nascimento do herói, nascemos, crescemos, vivemos as peripécias e o epílogo é sempre a partida, o fim...

No final das contas, avalia-se o tamanho do ser. Dessa forma que descrevo, meu irmão viveu. Despeço-me desse gigante querido, meu amigo, meu irmão, meu agigantado e imortalizado ser. Para nós, a página não virou.

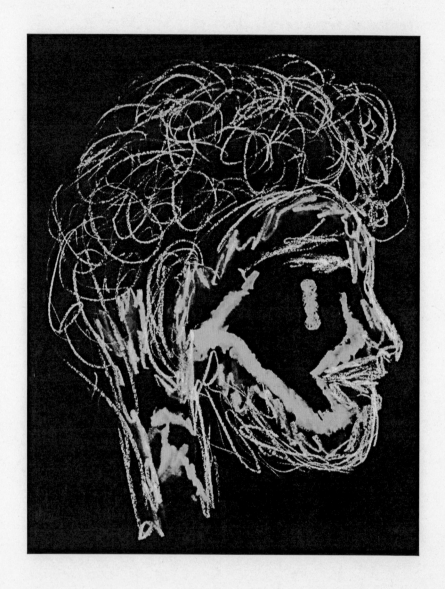

Considerações sobre o sofrimento humano

Como já havia descrito anteriormente, as relações familiares são prévios laboratórios para vivermos na macrossociedade. As famílias nos ensinam regras de convívio que posteriormente nos permitem refletir sobre as coerências e incoerências sociais. Na minha família, quando nossos pais saíam de casa, bagunçávamos tudo e, depois, quando retornavam, sob austera autoridade éramos obrigados a colocar as coisas nos devidos lugares. Nem tudo eram flores na ocasião e alguns esquemas de planejamento e organização também não eram bons.

A exemplo do que digo, meu pai tinha horta, galinhas e cachorros. As galinhas comiam as verduras dos canteiros, os cachorros comiam as galinhas e o meu pai maldizia os cachorros. Esses aprendizados me foram muito úteis, mas o mundo externo começou a ficar estranho. Muito mais tarde, acompanhei a greve de 1988, conhecida também como o Massacre de Volta Redonda. Tinha vinte e dois anos na ocasião, concluía o curso de Psicologia e, por morar próximo geograficamente do conflito, acompanhei pela televisão os treze dias de apocalipse vividos pelos metalúrgicos da Companhia Siderúrgica Nacional.

Os operários reivindicavam reajustes salariais, jornadas de 40 horas semanais e estabilidade no emprego, todavia as reivindicações resultaram em sérios conflitos com os militares, e a tragédia gerou a violenta morte de três operários. O impacto dessa truculenta saga foi extremamente traumático não só para a região como para todo o Brasil. Não bastassem as feridas provenientes da percepção da proximidade da violência, fomos surpreendidos, um ano depois, com rumores de que as coisas do outro lado do mundo não andavam bem também. Especificamente no dia 4 de junho de 1989, aconteceria na China o massacre da praça da Paz Celestial. O fato ocorreu em Pequim e foi realizado pelas tropas do governo da República Popular da China. A emblemática imagem do jovem resistente, assassinado quando tentava por ato heroico conter a tropa de tanques de guerra foi iconizada no século vinte. O denominado "homem dos tanques" se tornou o símbolo de luta, coragem e resistência à força bruta e à truculência provenientes dos incoerentes poderes governamentais. De lá para cá muitas coisas se passaram no mundo. Afinal de contas, somam-se trinta e dois anos do fato relatado para a data desta reflexão. Na ocasião, um dos piores horrores noticiados pela imprensa consistia no fato de as famílias dos jovens estudantes executados pelo governo chinês terem que pagar pela munição utilizada na execução dos seus filhos. A evidente banalização da vida estava expressa nessa execrável atitude do governo chinês. É como se a morte de uma pessoa não valesse a bala que a matou. Por muitas vezes, ouvi pessoas justificando a barbárie de forma insana e simplista, alegando fatores relativos à hiperpopulação chinesa. Talvez, como em um efeito borboleta, assisto hoje a algumas significativas notícias.

A Colômbia liberou a eutanásia para pessoas que não sejam pacientes potencialmente terminais. O impacto dessa questão me deixou deveras reflexivo. O colombiano Victor Escobar, de sessenta anos, teve a morte concedida pelo governo por portar doença pulmonar obstrutiva crônica, hipertensão, além de sequelas sofridas por um acidente automobilístico. Segundo a matéria do jornal *Folha de São Paulo*, em janeiro de 2022, após a morte de Victor, cento e cinquenta pessoas se "beneficiaram" com a medida da eutanásia denominada de "uma morte digna".

As pandemias têm naturalmente dizimado parte da população global. As constantes imagens de corpos empacotados e posteriormente enterrados em covas rasas refletem a precariedade da vida na contemporaneidade. A concretude da morte bate à nossa porta diariamente. A questão a qual me atenho é que a depressão, doença expressa pelo desejo de morrer, é hoje uma pandemia também. As ideações suicidas e suicídios cresceram consideravelmente e, por vezes, sérias doenças manifestas são panos de fundo para severos quadros depressivos. Quero dizer que quadros de doenças de todas as especialidades médicas podem ser agravados por sintomas de tristeza, de sentimentos de menos valia e de sofrimentos psíquicos e, nesse sentido, temo que em breve todos os pacientes depressivos se autossugestionem com a "terapêutica da eutanásia".

A reflexão que como psicanalista e profissional de saúde me faço é que pressinto diariamente que a nova ordem global está facultando ou banalizando a morte. As evidências estão por todos os cantos da cidade. Os melhores bairros e as mais iluminadas casas estão destinados aos comércios. A maioria dos homens vivem distantes, a muitas quadras dos "produtos". As mercadorias humanas encontram-se cada vez mais amontoadas em precárias moradias nas periferias. É claro que escrevendo cotidianamente sobre esses cinquenta e cinco anos vividos, vejo o quanto destruímos e sujamos a nossa casa — o planeta. Tenho a impressão de que estamos vivendo em uma casa de muitos quartos e que vamos sujando quarto por quarto. À medida que bagunçamos tudo, vamos passando para outros lugares supostamente arrumados e assim sucessivamente.

Talvez esteja na hora de limpar a casa toda, pois não há mais quartos disponíveis. O planeta está inabitável. As colônias virais demonstram que a natureza está nos matando, estamos matando os nossos semelhantes e, no final das contas, estamos nos matando. Será que Deus pai tem colocado horta, galinhas e cachorros no mesmo espaço como papai irrefletidamente fazia na infância?

Estética do horror...
Sobre estigmas e o peso do adoecer...

Talvez ingenuidade maior fosse a de pensar que a sociedade teria conosco o mesmo grau de sensibilidade, tato e complacência que as nossas famílias tinham. Nessa época, uma estranha e sobrenatural maldição recaiu sobre os jovens livres. Era uma doença que foi anunciada capaz de nos abater pela sexualidade. Se tudo fosse verdade, e parecia ser, Nostradamus teria razão. O fim do mundo começaria mesmo pelo Rock in Rio. Meu amigo "A" se safou, mas outros seriam acometidos pela virulência antijuventude. A novidade bomba chegou sorrateiramente como uma pulga atrás das nossas orelhas. Sem dizer bem a que veio, a peste sugeria uma "remissão dos nossos pecados". O carinho e complacência que recebi do meu pai terrestre na festa do apartamento seriam, na ocasião, condenados pelo legítimo papai do céu. Os tocadores de trombetas, os maldosos e os fofoqueiros de plantão anunciavam com muito prazer o apocalipse.

O que alguns religiosos e os meios de comunicação vislumbravam era o castigo por termos experimentado de tão intensa liberdade. Os lindos astros do rock que embalaram as nossas festas começaram a adoecer. Um dia, madrugada adentro, passei por uma rua escura da cidade e vi um moço sentado no banco da calçada chorando alto. Não posso lhes dizer que não sei por que tomei a atitude de colocar a mão na sua cabeça e lhe perguntar o motivo do seu sofrimento. Ele, assustado e aos prantos, disse-me após demorada presença que morreria e iria para o inferno. Afirmou ainda que era homossexual e que estava com a peste gay. Obviamente levei um susto ao ouvir tamanho sofrimento e ficamos amigos. Ele morreu em curto espaço de tempo e as causas principais foram: medo, angústia, depressão, solidão, abandono e falta total de empatia da sociedade para com ele. Os comentários sociais eram horríveis. Tinha a impressão de que os austeros que haviam deixado o poder se comprazam ao verem os jovens sentindo tamanha dor. A aidsfobia reinou entre os grupos de jovens que eu pertencia. Ouvia nas praças da cidade, religiosos se deleitando em anunciar o apocalipse a partir do triste fato que se aproximava das nossas vidas. A monstruosidade dessa doença somada à institucionalização de poderes perversos (governo, igrejas, imprensa e outros segmentos sociais) expunham as intimidades afetivas e sexuais dos jovens de forma avassaladora. A epidemia tomou conta da cidade.

Vi estampado nas bancas de revistas (prefiro não citar o nome da execrável revista) fotografias de jovens brilhantes expostos como bucho no açougue. Os magníficos artistas plásticos Jorginho Guinle e Leonilson foram vítimas de manchetes deploráveis, mas o pior mesmo aconteceu com o jovem cantor Cazuza. Ele próprio já tinha anunciado que os seus inimigos estariam no poder, mas eram tantos os inimigos da nossa liberdade que nem sabíamos ao certo quem estaria do nosso lado. A foto esquálida de um cantor abatido pela doença estava exposta para o mundo todo ver e, com essa tragédia toda, ainda ouvia religiosos dizendo que o seu Deus combatia as poucas vergonhas dos jovens. É claro que esses inumeráveis insanos ainda pousavam feito insetos em volta da lâmpada nas nossas vidas e estavam sempre próximos, a menos de um metro metendo o bedelho nas "feridas alheias". Não sei de onde essas pessoas se fundamentaram para achar que um "Deus de bondade" seria capaz de criar seres humanos para serem execrados e expostos a toda forma de humilhação. Com qual finalidade uma sabedoria suprema faria isso? Com a finalidade dos donos da moral nos assistirem dos camarotes nas suas respectivas maldades?

Sempre quis dizer essas coisas que estou dizendo para esses ignorantes, mas não tinha voz potente para isso. Hoje tenho! Se eu fosse Deus, estaria do lado da juventude e de suas respectivas mães. Acalentaria a Dona Lucinha Araújo, mãe do Cazuza, que viveu momentos de imensa aflição. Estaria junto de um jovem e lindo amigo barramansense que foi julgado por uma sociedade hipócrita que desejava impedi-lo de trabalhar na cantina onde ganhava seu sustento. Se me fosse dada essa graça, gostaria de estar do lado desses e de outros seres iluminados, como na ocasião era a moça médica Márcia Rachid, que, com bravura, enfrentava sem remédios disponíveis os ambulatórios lotados da cidade. A doutora Márcia refrigerava a vida dessas pessoas acometidas pelo vírus HIV, dando-lhes carinho e esperança.

    Essa problemática social toda causada por um vírus só me fez ver a proximidade que estávamos da extrema ignorância. Obviamente, o inferno existe e os porta-vozes das desinformações truculentas serão sempre, em todos os planos, os demônios da nossa existência! Cazuza ainda se deu ao trabalho de proferir poesias para as pessoas mesquinhas e miseráveis de sentimentos. Cada um luta com as armas que tem, e as dele eram as poesias. Posteriormente as coisas pioraram bastante, a epidemia se alastrou, um dos primeiros pacientes que recebi no consultório foi um jovem condenado na ocasião pela Aids, que, ao informar o seu diagnóstico para a família, viu os seus irmãos brigarem com ele presente para a divisão dos bens... ali, naquele jantar, um ficou com o carro novíssimo, outro com o comércio e a irmã com o apartamento. Ele passou a viver na casa dos pais com horários determinados para retornar. Não sei se morreu ou se foi morto pelas circunstâncias que viveu os seus últimos dias. Hoje revejo a mesma sociedade genocida cometendo os mesmos absurdos. Só mudam as pedras do tabuleiro.

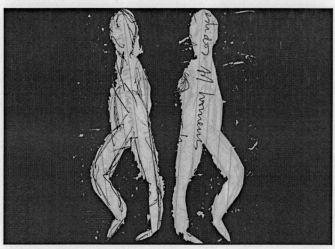

Cerveja apazigua a dor...

Talvez a necessidade de escrever essa autobiografia a partir de situações tão íntimas deva-se ao fato de dar ao leitor o lugar de um julgamento mais justo para conosco. Sim, éramos julgados pelas nossas ideologias e aparências, mas ninguém se lembrava de que dentro dos nossos corpos corria sangue nas veias e que os nossos corações batiam da mesma forma que os seres "ajuizados". Imperioso pensar que as famílias tinham muitas expectativas nas nossas vidas, tal qual as mães zelosas, burguesas e corujas. Como brilhantemente pronunciou o músico Gilberto Gil em *Tempo Rei*, "mães zelosas/pais corujas/vejam como as águas de repente ficam sujas/tempo rei/oh, tempo rei,/oh, tempo rei,/transformai as velhas formas do viver!".

O tempo todo me defini aqui como sendo brincalhão, de espírito livre e infantil, porém engajado, idealista, estudioso, interessado em Filosofia, artes, cultura, políticas sociais e em mil outros temas. O infortúnio da falta de jeito sempre me acompanhou. A conexão entre Barra Mansa e Rio era um desastre, mas, na ocasião desta narrativa, estava recém-formado e passei a convidar constantemente um primo paulistano completamente desajuizado (no melhor sentido do termo) para nos divertirmos aos finais de semana. Fabiano é até hoje o meu parente mais próximo. No início de carreira, aluguei um apartamento e comprei uma motocicleta Agrale sem placa e documentos. Devido ao precário estado da moto, teríamos que usá-la com comedimento, pois não tínhamos carteira para pilotar e, também da moto, só tínhamos a nota fiscal.

Fabiano não respeitava muito essas coisas. Chegava de São Paulo, pegava a magrela enquanto eu trabalhava e tocava o terror na cidadezinha. As aventuras nos interessavam muito e um dia resolvemos partir para Bananal, cidade do interior de São Paulo, pelos morros, fazendo trilha. Não tínhamos roupas especiais, capacetes, luvas. Não tinha estrada no morro e nem tampouco tínhamos experiência no assunto que estávamos nos arvorando. Acho que de todas as nossas ideias, as mais improváveis de êxito eram as que escolhíamos realizar.

Pegamos um trecho de estrada e rapidamente colocamos a moto no pasto. Andamos alguns sofridos metros e nos deparamos com um gado holandês administrado por um terrível touro. Não sei se por estarmos morro acima, solo com capim e garupa carregada, a moto fazia uma barulhada infernal e não se desenvolvia. O touro bateu correndo na nossa direção e eu fiquei da garupa gritando "Corre, Fabiano! Corre, Fabiano!". Ele olhava para trás desmanchando-se de rir e dizia "A moto não se desenvolve, vou cair!", e eu gritava "Não caia, não caia, pelo amor de Deus não caia..."

Mas não teve jeito. Caímos cada qual para um canto, moto para um lado, Fabiano à esquerda e eu à direita. O touro parou muito próximo ao nos ver estirados, mas não arredou o pé de nos observar com cara de zangado. Não nos permitia levantar dos lugares que estávamos. Olhava-nos hipnotizado e, dessa forma, permanecemos por muito tempo imóveis, entregues aos caprichos dele. Acho que quando ele vacilou com o olhar, montamos na magrela direção morro abaixo. Dessa vez eu estava no comando e o Fabi desmanchava-se de rir na garupa.

Paramos num boteco na volta para casa, bebemos todas as cervejas possíveis e contamos às gargalhadas essa história para nós mesmos. Era dessa forma que eu apaziguava as fortes dores da minha vida... sorrindo!

Talvez o paraíso não é o que te contam....

Imaginem um casal de jovens recém-casados, saudáveis, felizes, aspirando viver em família. O projeto de filhos chega logo após o casamento. Ambos são bem-sucedidos profissionalmente, decidem por ter uma criança. A criança nasce prematura e fica por dois meses na incubadora aos cuidados da equipe de neonatologia. A frágil infância sempre foi motivos de preocupação e de gastos excessivos, além da prospecção do nascimento de um "campeão" se tornar distante da realidade. Ainda muito novinho, foi matriculado na natação e no inglês, mas os desempenhos não foram nada satisfatórios. A família começa a se frustrar, pois qual dos dois foi incapaz de produzir o garoto dos sonhos?

Impossível, neste ponto da narrativa, não pensarmos na fantasia de construção de seres humanos excepcionais. Infelizmente, a partir da fantasia hitlerista do ariano puro, exímio combatente contra os seres supostamente "inferiores" que são, a saber, os judeus, negros e os homossexuais, a fantasia matrimonial começa a cair por terra. O que o fascismo de Hitler e a Revolução Industrial (que datam das mesmas épocas) têm a ver com o conto do casal? Infelizmente, estamos construindo um mundo onde os adversários são os nossos próprios semelhantes. Não havia, na ocasião da implantação da filosofia capitalista, e continua não havendo mais no mundo, espaço para a convivência dos homens e sim para a segregação das diferenças. Os efeitos do capitalismo estão aí, piorando a cada dia as formas de viver e obviamente que a chaga não nasceu hoje, mas as claras evidências do mal são percebidas em todos os âmbitos da nossa existência.

Estou trazendo esta reflexão por alguns motivos. O primeiro deles deve-se ao fato de eu trabalhar com pessoas em franco sofrimento psíquico e, atualmente, as depressões, ideações suicidas e os suicídios ocupam uma considerável escala no ranking das epidemias. No exemplo citado, aquilo que era sonho paterno começa a se tornar pesadelo. Não temos tempo na sociedade contemporânea para o que não nos corresponde diretamente. Neste caso, os pais, corroídos pelos desejos de "perfeição", passaram a inverter a ordem dos afetos positivos e começaram a produzir diálogos filicidas. Essas são as origens prováveis das tristezas, depressões, ideações suicidas e suicídios na adolescência e na vida adulta. As supostas "inocentes" mensagens que recebemos na infância trazem cargas residuais para toda a vida e são demasiadamente perversas. Quando uma mãe diz em tom entristecido para uma criança que ela não come a comidinha toda, mas que o seu priminho come, ela pode entender que "mamãe gostaria que eu fosse uma pessoa diferente da que sou e não consigo ser quem mamãe deseja que eu seja." E a pior delas é: "Será que ela gostaria que eu morresse?".

Podemos substituir a hipotética pergunta da comidinha por qualquer outra, o resultado será o mesmo. É claro que sinalizamos corporalmente e energeticamente para o nosso próximo as coisas que nos desagradam, e na relação da mãe com o bebê a energia é o cerne da comunicação à medida que as crianças em tenra idade não falam. Trago na lembrança o exemplo de um menino de cinco anos que vivia a fantasia edípica de desejar se apossar da mãe e que o pai morresse. O pai morre justamente nesse período. Ele, quando vê esse fato, sente-se culpado, entristecido e deprimido. Disseram-lhe, após a tragédia, que o seu pai teria ido para o céu, virado anjo e estaria a olhar por eles de outro lugar. As pessoas não perceberam que sem querer disseram algo que poderia ser traduzido da seguinte maneira: "Existe um lugar que pode ser acessado com a morte, onde as pessoas ficam vitalizadas como os anjos, que se chama céu... se você se sentir culpado ou com saudades do papai ou mesmo se quiser virar anjo, basta morrer." A morte nessa explicação é o bilhete para o paraíso onde habitam os anjos. O garoto simplesmente desejou morrer a partir da explicação dos adultos. As primeiras observações ocorreram quando passeava com a sua mãe na calçada e desprendeu-se das mãos dela em direção à rua indo de encontro aos carros. Também foi visto tentando colocar a cabeça no vaso sanitário e dar descargas. Para que eu entendesse esse sintoma, por meio dessa comprida história, levou um tempo. Como remédio, tive que recontar de forma sórdida os fatos dizendo que quem morre é enterrado, que não é bom morrer etc. Às vezes, as coisas ficam muito estranhas, estranhas formas de viver e de morrer.

A normalidade da loucura dos adultos...

O medo da escola me machucou muito. O jardim da infância, como era chamado na época, representava a navalha edípica para mim. Ir para aquele lugar era o corte abrupto entre a necessidade de pertencer um pouco mais à minha mãe (tê-la ao meu lado) e, paradoxalmente, não a decepcionar no seu projeto de não mais me ter tão intensamente ao seu lado. Não era possível que ela quisesse me fazer passar todas as tardes dos dias internado naquele espaço azul claro com cheiro de chiclete Ping Pong. As crianças nessa idade sempre pensam que para tudo existe uma finalidade adulta que lhes é desconhecida (quando conseguia nutrir esse pensamento eu me acalmava um pouco).

No dia do meu primeiro contato com a escola, foi exibido o filme da Branca de Neve. A jovem professorinha me recebeu das mãos da minha também jovem mãe. Ambas estavam de batons vermelhos, tinham bocas de moranguinhos com cabelinhos cortados à moda Chanel. A semelhança física, gestual e dos figurinos das duas me fez ficar muito paranoico... "O que me fazia pensar que uma era a fantasia da outra?" É como se elas estivessem tramando algo, pois, sem sombra de dúvidas, estavam disfarçadas delas mesmas. Estávamos em uma sala escura com som alto e, de imediato, percebi a diluição da minha singularidade no meio daquela criançada. Bateu o medo e o desespero do afastamento da minha mãe, fiquei sentado em uma cadeirinha e a minha alma foi escorrendo pelo chão. Chegava a vê-la no reflexo da poça d'água da minha imaginação. O meu pequeno ser se esvaia, tudo muito próximo a mim. Nessas circunstâncias nem adiantava eu solicitar por mim mesmo, pois o "coiso" que permanecia sentado era só um boneco desvitalizado a postos naquela cadeira de plástico. É claro que qualquer pessoa teria muita pena de mim, até eu mesmo, tão mentiroso, merecia a misericórdia divina e deveria ser retirado daquele lugar o mais rápido possível. Mil coisas se passaram na minha cabeça.

Alguns dias antes de eu estar ali, minha mãe, enquanto me vestia truculentamente após o banho, queixava-se de que eu estava falando muitas mentiras e que se continuasse daquela maneira viraria o Pinóquio. Isso somado ao fato de que eu também tinha assistido no mundo animal uma família de ursos polares branquinhos subindo, numa fila em hierarquia familiar de papai, mamãe e filhinho, uma montanha gelada. O pai, inquieto com a presença do filho, saía do lugar dele, passava pela mamãe ursa e dava-lhe mordiscadas até que o seu corpo ficasse completamente vermelho de sangue. O jovem ursinho desolado, sem saída para o infortúnio, desistiu da caminhada. O protagonista do episódio, em tom melancólico, anunciou o retorno solitário do ursinho para algum lugar!

Será que era isso que as três tramavam para mim? O meu fim orquestrado pela Branca de Neve seria perambular sozinho, pelas ruas da cidade, escondendo-me do velho do saco? Voltando ao real calabouço aromatizado que me encontrava, também considerei como a décima parte do enredo a exibição do filme da bruxa atacando a alva princesinha. Ali surgiu um delírio ou algo parecido de que a Branca de Neve pertencia à mesma falange da tia Jane e da mamãe, pois ambas eram idênticas. O fato de a branca de neve estar entre aqueles pirralhos e desmaiar envenenada por uma bruxa foi demais para o meu psiquismo. Acho que o filme não foi muito adequado para a ocasião. O horror estava estampado na minha cara, que situação torturante! Mamãe, tia Jane e a Branca de Neve se transformaram nas feiticeiras do caldeirão. Essas coisas todas me fizeram chorar ininterruptamente.

O entretenimento tecnológico somado à escuridão do cineminha fez com que a tia Jane não percebesse que eu estava em prantos. O filme acabou, os alunos tomaram Ki-suco com biscoitinhos, conversamos sobre a moral da história, tia Jane ficou de mãos dadas comigo o tempo todo, nenhuma profecia se cumpriu, a campainha bradou anunciando o fim do expediente, minha mãe apareceu na porta e tia Jane me entregou dizendo: "Foi ótimo, ele se comportou muito bem, se divertiu muito. Não é, meu filho?" Com os olhos revirando, entre cabelinhos Chanel e bocas de moranguinhos, balancei a cabeça afirmativamente, certo de que os adultos são completamente malucos.

Considerações sobre a maledicente língua dos seres humanos

Pode parecer jargão de quinta categoria, mas uma coisa é certa: na vida, a conta sempre chega! Aprendi isso com a minha irmã Laura, e, já na infância, escutava de potentes vozes que não deveríamos mexer com energias desconhecidas. Chutar macumba nem pensar! Meu pai dizia que caçadores que atiravam em anus (nome vulgar de um pássaro da fauna brasileira) tinham muitos anos de azar. Falar do que irei dizer pode ser algo que se inclui no rol das coisas proibidas e há que se ter cuidado ao falar do infortúnio alheio, pois comumente tudo volta para o maledicente. É óbvio que tem um fundo de verdade nisso tudo, pois uma pessoa realmente sabedora de teorias acerca da ciência, política, tecnologia, artes, cultura e comportamentos, não vai se arvorar a escrever ou falar sobre os tropeços alheios. Os interioranos-raiz, radicais, saberão do que estou dizendo.

As festas "burguesas", na minha cidade natal, eram obviamente realizadas em casas de pessoas "fragilmente abastadas". Digo fragilmente, porque os bens materiais são os mais passíveis de rápido desaparecimento. Ao longo da narrativa vocês me darão ou não razão, mas, voltando às festas dos abastados, eram lugares onde os velhos e novos ricos atualizavam-se sobre os conterrâneos que tinham empobrecido, "quebrado" e, posteriormente, com muito menos energia, falavam dos que também estavam em ascensão social — e tenho a impressão de que, se os homens não tivessem essas histórias para contar, não possuiriam motivos para festejar.

Redizendo tudo, as festas eram comumente divididas em dois atos: o primeiro, e mais importante, começava quando todos estavam presentes. Homens para um lado, mulheres e crianças para outro. A pauta principal do sexo masculino era sempre contada próxima à churrasqueira com imenso entusiasmo. Dizia respeito aos fazendeiros e empresários que estivessem em franco e sólido declínio financeiro. Nesse ponto, os ânimos se exaltavam, os ouvidos dos convidados se dilatavam em ouvir os nomes dos ex-companheiros infortunados. Digo ex-companheiros, pois os "coitados", como eram comumente chamados no ritual discursivo dos ricaços, tinham uma razão importante — "justificativa teórica inteligente" para atribuir à queda monetária do infeliz amigo.

Ninguém que propusesse a autoria da festa poderia convidar o novo pobre da berlinda para comparecer. Se isso acontecesse, desfaria o "humor" e ácida comiseração que todos deveriam nutrir contra o pobre coitado. Abro parêntese para explicar que, em razoável compreensão da língua portuguesa, pobre coitado é sinônimo de fodido, à medida que coitado é o que foi vitimado pela ação do coito.

O desprezo e a chacota ministradas ao novo pobretão era a justificativa da reunião. Nada justificava o fato de ninguém querer lhe dar uma "força", diferentemente do pensamento de que, se assim fizessem, perderiam o êxtase da comemoração. A alegria era tanta dos envolvidos nessa etapa, que ninguém se deslocava das mesas. O churrasco nesse momento dos fatos era caprichadíssimo, feito da melhor carne, com a cerveja servida geladíssima e tudo deveria estar perfeito para orquestrar a bisbilhotice humana.

A segunda parte, com a carne já bem mais passada e as pessoas quase enfastiadas, num movimento de epílogo, os senhores embriagados anunciavam sem tanto entusiasmo os representantes em ascensão na sociedade barramansense. Mas vocês leitores devem se perguntar: onde está o reverso azar em agir dessa forma maledicente? Dizem que se o malfeitor for burro a ponto de não saber o que está fazendo, será perdoado por Deus. Caso contrário, o perverso terá que assumir as consequências das severidades cosmológicas. Trocando em miúdos, terá que se ver com o universo.

Então, não sei se por perversidade, bebedeira ou burrice, eles não se atentavam que cada ano era ano em que um deles que se ausentava do recinto. Exatamente isso, quem ouvia neste ano e empobrecia no ano seguinte não seria convidado para a grande festa. Entre as mulheres, os assuntos deslizavam em temáticas de traição conjugal a filhos de "má conduta" (de alguma "amiga", é lógico) e separações. Indubitavelmente, temas preferidos nos recintos femininos. Elas achavam que eram temas relativamente naturais.

A primeira vez que observei outra situação em pauta entre as mulheres foi fora desse âmbito: conheci uma humilde e jovem professora que esperava se desenvolver profissionalmente. Tentou a prova de mestrado e conseguiu ser aprovada em boa universidade, posteriormente fez o mesmo para o doutorado e também obteve êxito. Após toda a sua ascensão, conseguiu o emprego dos sonhos. O problema começou aí. A partir dessas mudanças de lugar profissional, a dita cuja começou a desenvolver uma extraordinária soberba. Transformou-se! Dona de uma superioridade avassaladora, agia como se ninguém estivesse à sua altura. Na escola que trabalhou, ria muito das colegas que não tinham conseguido a mesma ascensão e, além de ler e escrever muito bem, tornou-se também doutora em humilhar as pessoas. Quando nos conhecemos, estava namorando há algum tempo e precisava se casar. O seu príncipe era indubitavelmente o melhor dos homens, as teorias e leis existenciais que sustentava também eram perfeitas. Já nos preparativos para o casamento, pairava na donzela uma dúvida cruel: quem deveria convidar para a festa? Será que todos os pretensos convidados teriam boas roupas para não a envergonhar no dia mais importante de sua vida? Bem, a donzela se casou, fez festa e não me convidou, e passaram-se vinte anos. Encontrei-a em um supermercado e não posso continuar, juro que não, sob pena de ser destruído pelo cosmo. Mas posso lhes dizer que a sua língua foi o principal precipício! Maldito o infortúnio daqueles que carregam consigo litros de veneno na boca. Fico até hoje pensando no que aquela cobrinha venenosa fez da sua própria vida.

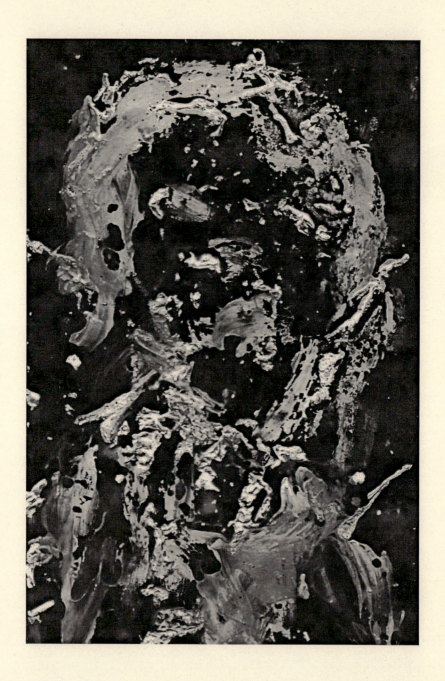

Betina...

Eu sou do tempo que era possível pedir ao DJ da boate músicas para satisfazer as amigas. Como todos os jovens da época, éramos frenéticos, afoitos, ansiosos e desaforados, mas também sensíveis a algumas causas. Num lampejo de bondade e de sensibilidade, João Filipe e eu fomos à casa de Betina para pedir à Lourdes o direito de levá-la para passear conosco no Rio de Janeiro. À primeira vista, o termo passear poderia ser curtir uma brisa da tarde, tomar um guaraná ou uma água de coco na praia, ou ir ao cinema no shopping; todavia essa palavra "passear" era utilizada para enganar mães inocentes. Lourdes não era tão inocente a respeito da filha, pois havia rumores na cidade de que, numa determinada tarde, ela havia arremessado um objeto em sua direção e a chamado de Monstro Ball. Não sei o que poderia levar uma mãe a cometer tal atrocidade e, da mesma forma, não iríamos tradicionalmente passear com a Betina. Deixaríamos a moça viver livremente a vida na capital por um dia. Quase um *slogan* da nossa excursão: "viva a vida" ou "um dia na capital".

O plano era: Betina faria daquele o dia de sua vida! Ela faria exatamente como fazem os animais selvagens, só que seria na selva de pedras. A moça, livre dos olhares familiares, poderia até se acasalar caso fosse da sua vontade. Verdade, frente aos olhos da família, ela era recatada, mas nas luzes da boate, dançava, fumava e bebia como uma draga. Ou melhor, quando bebia, era uma draga; quando fumava, uma dragoa. A mim ficou incumbido pedir ao DJ da imensa e populosa boate que tocasse a música *Sweet Dreams*, da cantora Annie Lenox. Confesso aos leitores que chegar até ele não foi tarefa fácil. As luzes, os micos pessoais e os estroboscópios pareciam sinalizar alguns impedimentos, mas bravamente fui, pedi como quem pede sangue em hemonúcleo, e ele tocou.

Dançamos nesses minutos como se fossem os últimos das nossas vidas. Acho que estávamos embalados pela *vibe* do colar néon da Doc Dog que a donzela usava. Segundo ela, Cleópatra já esbanjava requinte ao escolher criteriosamente os ingredientes e sais para os seus banhos, mas vivíamos a sensação deliciosa de êxtase e felicidade que tomou conta de todos que estavam conosco. Lavamos a alma!

Depois da boate, fomos a uma pizzaria em Copacabana e comemos uma pizza também deliciosa. Betina comia pedaços imensos com a delicadeza da Penélope charmosa e, com olhar malicioso, olhava-me e dizia: "Está tudo delicioso!"

Que saudade desse dia. Que saudade dessa amiga.

Nathalia...

Caros leitores, existem histórias de extrema afinidade e sincronicidade que são boas de se contar. São histórias de identificação de amizades, de amores; todavia, para tanto, necessitamos suportar ouvir as qualidades alheias. Sim, atividade difícil a inclusão e reverência ao outro em um mundo narcisista, marcado por valores deleteriamente capitalistas. Vejam vocês o que aconteceu neste conto.

Estava descrevendo uma pessoa e, no momento que a descrevia, sem que ela soubesse de nada, enviou-me um texto a seu próprio respeito muito próximo das coisas que eu estava escrevendo. Leiam e depois me digam o que pode reger essas situações. Tem sempre alguma coisa no nosso corpo que se apresenta primeiro, que chega antes de tudo. No caso dela, são os olhões verdes! Olhões verdes, pele muito branca e maiô vermelho. Foi dessa forma que ela estava quando a conheci e nos outros dias também esteve vestida assim. Configurei-a dessa forma e a primeira lembrança, que é sempre muito primitiva na personalidade de uma pessoa, é a que fica. Ela era nadadora, um acará na água, um busca-pé na terra e um foguetinho no ar. Uma menina linda e travessíssima. Sabe esses cães que abocanham as coisas no ar? É ela! Tudo que passa ao seu lado é processado. Entendam: ela é capaz de identificar todas as coisas que se aproximam dela para ela mesma.

Nathalia é incapaz de dizer o que percebeu se a percepção em questão for ruim para alguém. Ela é o cão em todos os sentidos: perceptiva, leal como ninguém, justa e elegante. Na ocasião em que a conheci, passava na televisão uma propaganda da rádio Mundial. Era um homem asa sobrevoando a magnífica paisagem da pedra da Gávea e da Praia do Pepino, na cidade do Rio de Janeiro. A música que embalava a propaganda era do cantor norte-americano Randy Brown, *I'd Rather Hurt Myself*. Já estava em estágio avançado de escrever sobre ela quando recebi inversamente o seguinte texto, nas suas palavras:

"João, as propagandas da época eram quase filmes. Tinham outros contextos, músicas e cenários indescritíveis. Revendo agora, me dei conta de como a década de oitenta era maravilhosa. Que delícia observar a natureza! Nesse simples ato, residem aprendizados sensíveis, profundos e peculiares. Lembro-me de, na infância, subir em um morro próximo de casa e ficar por no mínimo uma hora olhando o horizonte. Depois disso, deixava-me levar pela observação das nuvens e, no final das contas, ficava repleta de mim mesmo estando sozinha. Fiz isso por muito tempo... era uma meditação! Nessas imersões, tive a possibilidade de vivenciar profundas e significativas reflexões que foram importantes para o meu aprimoramento pessoal. Recebi respostas e soluções sobre a origem de muitas coisas e obtive maior exatidão para outras. Vivia nesses momentos uma espécie de transe — era uma linda filosofia introspectiva. Eu sempre fui estranha, era observadora demais. Na ocasião que nos conhecemos, a TV exibia a minha propaganda preferida. Era de uma beleza arrebatadora. A música era embalada pelo voo de uma asa delta e com a felicidade da exuberância do Rio de Janeiro em vista aérea. Que felicidade! Era realmente a coisa mais linda do mundo e meus olhos enchiam de água! Muitas vezes, quando estava nesses lugares sozinha, inalava toda a imensidão do universo. Toda beleza das coisas se apresentava para mim. Era maravilhoso e eu ficava impactada."

Amigos, a minha sorte em tê-los na vida é imensa. Quero dizer aos leitores que o nosso profundo amor, meu e da Nathalia, sempre foi tratado a pão de ló. Nunca deixei de anunciar para essa moça os meus segredos íntimos, os meus projetos e planos. Como vocês viram, seria impossível esconder dela o que quer que fosse, pois esses esteios nascem conosco para nos ajudar nas nossas caminhadas. A você, Nathalia, todo meu amor e gratidão. Como diz a música que nos embalou nesse nosso conto, *"I'd rather hurt myself, than hurt you"*[1], traduzindo: "eu preferiria ferir a mim mesmo do que a você". Para você, com todo o meu carinho, um beijo!

---

[1] https://youtu.be/Lvg1Uc1jnSU.

Sobre brinquedos e amigos...

Todas as vezes que começo os textos filosofando, os leitores não leem e isso é triste, pois, no início, as coisas são assim, estão escritas dessa forma; mas depois falarei sobre a amizade e o seu nome pode estar sendo citado... Você vai mesmo deixar de ler?

A parte da Filosofia é relativamente pequena e me perguntava se o que vivemos realmente foi real. Existiu? Fico falando desses amigos e dessa representação temporal. A minha amizade com o Jonas Botina é da época da propaganda do Ki-suco, do tigrão do Toddy. O tempo no qual nos baseamos é muito frágil. Não temos mais o passado, esse momento que escrevo realmente acabou de passar. Estou tentando, neste minuto, presente ou já passado, tê-lo. Sim, estou descrevendo-o numa tentativa de capturá-lo, mas isso é incerto, pois, como bem nos disse Sigmund Freud, o futuro é uma ilusão. Freud não disse exatamente isso. Ele intitulou um de seus textos de *O Futuro de uma Ilusão*. São por esses motivos e dúvidas que chamo o que escrevo de autobiografia ficcional.

Ficcional sim, talvez a vida ou pelo menos os melhores momentos não tenham sido exatamente como os escrevo e sejam de fato ficção. Não por acaso que as pessoas felizes dizem que parecem que estão sonhando. Sonhos são os meus amigos. Para cada um deles, dias de sonhos. Os dias seguintes são tentativas de manutenção desse estado de amor. Mesmo tendo perdido alguns, ainda tenho muitos. Tenho uma amiga médica, escritora, exímia fotógrafa que é sensível e inteligentíssima. E ela me salvou a vida em diversos aspectos! A ela, o meu sincero amor e a minha mais eterna gratidão.

Também tenho outra querida a se tatuar no coração, uma pessoa prateada, um *octopussy*, uma tatu albina, uma entidade que surge na espuma do mar e foge numa nave de vidro para a selva, que está sempre dando gargalhadas por ter sido concedido a ela o direito de brincar com o sal da espuma das ondas e com ele temperar o doce néctar das seivas da floresta. Ela é a alegria, a temperança, é a maior das atrizes. Sinto no jogo das suas mãos um gestual incomum. Enquanto observa as pessoas, faz uns balangandãs com as mãos. Com a direita, faz uns e com a esquerda faz outros. Após o término desse gestual lindo e delicado, cruza as mãos e magicamente nos diz tudo: sua opinião é um abracadabra; seu palpite está onde cintilam os peixinhos ornamentais. Ela é o tempero, o alecrim, o cravo e a rosa. Ela é atemporal, essencial e rara; algodão doce para a criançada! O seu sorriso é uma tiara de conchinhas da felicidade. Segundo o lavrador, ela é o bicho de Deus, pois denota a perfeição, de modo que tudo se encaixa como numa arquitetura egípcia. Seu próprio universo circular lhe protege de tudo e não pode ser facilmente destruída pelos animais, nem mesmo pelas onças.

Tenho amigos de infância que me ajudariam a recontar todas essas histórias anteriores. Voltando nele, Jonas Botina era menino muito pobre, dono de um coração dourado, nasceu quase numa manjedoura. A rua era o quintal da sua casa. Nem sei bem o que passou na vida, mas que passou, passou. Fiquei amigo dele porque meu pai fazia uma espécie de ritual interessante com a garotada do bairro: montava os nossos caros presentes de Natal, autoramas, bicicletas e rodajatos na garagem e chamava toda a criançada da rua para brincarmos juntos. Havia regras claras para as nossas brincadeiras. Cada criança levaria o presente que tivesse ganhado, fosse aquelas rodinhas que conduzíamos com um ferro, ou outro brinquedo qualquer. As brincadeiras na verdade eram feitas para contemplar o Natal das crianças que não tivessem nada. Tudo era colocado na garagem, faríamos fila nos brinquedos de nossas preferências e brincaríamos por cinco minutos. Depois, revezaríamos circularmente, sendo novamente os últimos da fila. Foi a minha primeira experiência e brincadeira comunista.

Assim, na sua maneira de exercer a sua paternidade, ele conseguiu me presentear de forma muito mais intensa. Deu-me amigos que se tornaram brinquedos de felicidade para toda a vida e nos ensinou que é melhor ter amigos do que brinquedos.

Cola na escola....

Que inocência a minha de ter aceitado levar o recado para o Carlos Henrique, o nosso amigo luso-barramansense Dragão. Como não vi campainha na entrada de sua casa, gritei muitas vezes por Dragão. Até que um senhorzinho português, o senhor José Carlos, apareceu na janela enfurecido e, espumando, gritou no mais legítimo sotaque português: "Aqui não habita nenhum Dragãooo..."

É claro que o nome dele não seria esse e pai nenhum iria gostar de ter o seu filho chamado de Dragão. Apelidos são péssimos, não é? Sim, são, e não sei se por herança da filosofia do capital de Karl Marx eles estão piorando, estão se coisificando. Não entenderam? Estão se abdicando da condição de sujeitos e se transformando em mercadorias. Temo que chegue a data que lembraremos saudosos da época que os nossos filhos tinham apelidos de animais, pois agora estão rebaixados de vegetais para mercadorias.

A história do meu amigo português é para rir? Não sei, mas o que tenho visto é que atualmente estamos associando as pessoas a grandes coisas comerciais. Isso talvez não seja bom, seja ruim, péssimo. Mas é impossível não associar umas pessoas que andam de braços abertos aos aviões jumbos acenando os flaps. Existia um cara que tinha o apelido de Kombão e perguntei o porquê daquilo. O sujeito então respondeu que o apelido era pelo fato de o cidadão em questão ser tão monobloco quanto a kombi. No início achei maldoso, mas depois, avaliando bem, encontrei fundamentos na zombaria. Um outro era chamado de Chanceler e perguntei se ele era chanceler, então me disse que o apelido se dava pelo fato de ele ser fino e comprido como o cigarro.

"Eu corto voltas do Ratoeira", dizia uma operadora de caixa do supermercado para a outra. "Ele pega a gente de papo e não larga mais. Não é à toa que ele tem esse apelido", respondeu a segunda. Como estou escrevendo sobre essas coisas, entrei na conversa e pedi para conhecê-lo. A moça perguntou: "O senhor tem certeza de que quer mesmo conhecê-lo?" Respondi afirmativamente. Elas mandaram chamar o Ratoeira e, quando chegou de sorriso e braços abertos, as malditas vozes da minha cabeça disseram: "mas ele é a cara de uma ratoeira!" O Ratoeira me pegou por um papo que nem os mais experientes conseguiriam sair.

A história do Repelex também merece ser contada. Sujeito nervoso, agiota mafioso, não admitia que seus clientes lhe pagassem a agiotagem com cheques, dizia "borrachudo comigo, só por cima do meu cadáver." Ganhou o apelido por expelir maus pagadores. Repelex acabou preso por abrir uma exceção para o Pombo. Ninguém entendeu esse desfecho nos negócios dele, pois achou de se descuidar justo com o Pombo, que tinha esse apelido pelo excesso de cheques voadores. Pombo morto e Repelex na cadeia. Por sinal, quem me contou essa história foi o Rivotril. Esse meu amigo é tranquilo, sereno, meio pressão baixa, quase sonoléptico. Rivotril diz que nunca se estressa com nada e se orgulha de ter nascido assim.

Na década de oitenta, tinha na TV a propaganda da Ellus com a música *Mania de Você*, da Rita Lee. A propaganda sugeria que tirássemos a roupa para as pessoas de quem gostássemos (esse adendo é só para nos situarmos no tempo). Na ocasião, tornei-me amicíssimo do Baton. Baton é o Silvio, um amigo amado, amigo há quarenta anos. Moreno de lábios grossos, Baton era o que poderíamos chamar de irreverente e desaforado. A história que escolho contar dele é que éramos os piores alunos de química da escola. O melhor aluno era o Ratão; e o Batatinha era o professor. Bolamos um plano de nos enfileirarmos atrás do Ratão para colar. Desculpem a desonestidade, mas era a nossa única saída. Tiramos na sorte e o Baton ganhou. Sentou-se atrás do Ratão e eu atrás dele. A prova começou e não fazíamos nada. Ratão virou-se para traz e disse: "A resposta da número um é dois alcanos. A dois é dois benzenos." O Baton enfurecido respondeu: "Porra, Ratão, eu quero saber quantos cezinhos, quantos tracinhos e quantos agás eu tenho que colocar! Assim não dá!" Eu não me contive e caí num riso incontido que resultou em um belo zero e nas nossas expulsões. Quem nos retirou da sala e nos conduziu à sala da diretoria foi o Múmia, o disciplinário.

I *Will Survive* e outras cantigas...

Ainda na infância, havia uma prima que eu gostava muito. Ela era mais velha alguns anos e tinha uma irmã (só isso que tenho para falar da irmã). Todavia ela, a prima que vale à pena um conto, era uma superatriz gaiata, brejeira sensível, espirituosa e irreverente. Cantava, dançava, interpretava e colecionava coisas esquisitas. Evidentemente que, por ter essas características artísticas, foi a usurpada, vitimada e perseguida. Essas coisas normalmente acontecem com artistas: por muitas vezes são vitimados pelos fortalhões do capital. Mas, voltando a ela, a atriz mirim, por vezes, usava saias plissadas teatrais e, por outras, irreverenciava geral apresentando-se com looks como os da Emília do *Sítio do Pica-Pau Amarelo*. Eu era o único presente na plateia dos seus espetáculos. Por vezes, poucas delas (por estar cansado ou indisposto), não estava a fim de assisti-la, mas jamais deixaria esse pensamento de desânimo prevalecer por saber que ela tinha elaborado o espetáculo especialmente para mim. Mesmo das vezes que a assisti indisposto, valeu tremendamente.

Os pais só permitiam que a personagem se maquiasse para as apresentações. E, no ilusório palco, com voz fina um pouco esganiçada de Kate Bush do interior, cantava coisas engraçadíssimas em deficitário português que jamais ouvi em outras bocas. "Se eu sesse Olavo Biláquia das asas azurs da corrr de um avião..." eu dava risadas, me acabava, chegava a conversar com os meus amigos imaginários da direita e da esquerda e todos riam comigo no teatro de portas abertas ou de arquitetura ilusória. Ela foi se aprimorando no ofício de atriz e preparava pipocas quentinhas com Ki-sucos para vender para o seu único e caríssimo expectador.

Quanta saudade eu tenho dessas lembranças! Nos distanciamos à medida que fomos crescendo e a sua a arte foi atrofiando.

Houve uma atrofia por imposição, como há com milhares de artistas que necessitam de licença familiar para se expressar. Pouco tempo mais tarde, lamentei a nossa separação e me dei conta de que todo artista que não eclode, implode-se.

Anos mais tarde, passeando com um amigo pelas ruas de São Paulo, vi uma fachada azul clara cuidadosamente pintada com tinta vagabunda. Na portaria, um segurança barrigudo sentado em uma cadeira de bar (aquelas de armar). Era um homenzarrão negro, voz impositiva e de pouca conversa. Perguntei-lhe o que tinha porta adentro do estabelecimento que ele tomava conta, e ele respondeu laconicamente: "Show... quer comprar o convite?" Prossegui na conversa: "Quanto custa?". "Dez reais." Para concretizar a venda, perguntei: "Está lotado?". "Sim, lotadíssimo, são as últimas poltronas."

Estava completamente convencido, já bastava. Compramos os convites e entramos. Era a improvisação de um teatrinho com uma minúscula sala donde estavam distribuídas as desconfortáveis cadeirinhas de ferro enfileiradas. Uma única pessoa na plateia e uma luz vermelha na sala que, por ser azul clara, ficou lilás. Havia um palco de madeira com um degrau de distanciamento e uma cortina cor de rosa com molduras nas bordas. Eu e meu amigo esperamos um tempinho em silêncio profundo. Tinha algo estranho no ar. A campainha bradou três vezes como deve ser, a música começou a tocar baixinho, as mãos de uma das sósias de *Fat Families* abriram a cortina e começou o maravilhoso espetáculo. Havia algo na expressão da travesti que me era familiar: era ele, o segurança, porteiro, bilheteiro, ator, cantor, loura, bilíngue, que fazia a casa balançar ao som das músicas *I Will Survive*, *Voyage Famílias* e *All for a Reason*. Naquela plateia lotada e cheia de vida, nem sei por que me emocionei tanto e guardo esse dia como exemplo de alguém que realmente sobreviveu.

Se é moda, modifica...até a cidade...

A loja Elastic New-Man era fantástica! Há uns quarenta anos, a pequena amarcord foi invadida com a grande novidade da moda e vestuário. Os idealizadores contrataram os homens e mulheres mais bonitos de Barra Mansa para trabalharem na grande boutique — aqui, nessa parte da beleza, uma leitora conterrânea e contemporânea a mim pediu para refrear no entusiasmo e disse que a loja tinha no máximo seis funcionários... mas ela não deve estar querendo, com isso, dizer que Barra Mansa teria no máximo meia dúzia de pessoas bonitas. Isso não! Eu próprio nasci aqui e tenho família... ah, sei lá! Acho que ela está sendo muito radical. Falar de moda dá nisso: todo mundo bota o seu lado Miranda para fora!

Mas, voltando às coisas que estava dizendo, esses produtores conheciam bem o mercado fashionista e decidiram sediar na cidadezinha produtos moderníssimos que seriam a grande inovação nas vestimentas. O jeans com elastano surgiu naquele ano (minha amiga se meteu de novo e mandou eu escrever o seguinte: surgiu naquele ano em Barra Mansa, mas no resto do mundo já tinha há muito tempo). E a loja realizava sucessivos desfiles de moda. Mas, definitivamente, o que havia de mais irreverente era a presença de um ultraleve. Sim, o ultraleve! A cidade não estava preparada para ele. O objeto voador estampava nas asas a logomarca colorida escrita *Elastic New Man*. Na primeira vez que o aviãozinho voou, um bando de garotos se pôs a correr nas ruas olhando para o céu a acompanhá-lo. Lembro-me de que alguns corriam angustiados e diziam "vai cair, vai cair". Não era caipirisse, juro por Deus que não! Só era muita novidade para o pacato lugarejo que só estava acostumado a assistir à revoada dos pássaros no céu. A multidão a correr atrás da aeronave e olhar para o céu aumentava consideravelmente. O homem asa lá de cima deveria estar se divertindo com aquela atmosfera de Springfield.

Tanto estava se divertindo, que o seu voo durou muito mais do que o tempo previsto. A previsão era que pousaria no centro da cidade e acabou pousando uns três quilômetros depois.

Aterrizou depois do cemitério, com a população em frangalhos de tanto correr. Mas o importante foi que o advento da Elastic cindiu a cidade na ocasião. A parte conservadora meio saramandaiesca desconjurou a renovadora e a revolucionária adorou. Na ocasião, os principais cantores do Brasil cantaram para as bandas de cá. Carnaval virou uma festa maravilhosa, os réveillons do clube municipal eram famosos no estado inteiro (prometo que será a última intervenção dela, mas ela mandou dizer que o estado nem sabe onde fica isso aqui). As únicas pessoas que lotavam o clube eram as minhocas da terra, os de Porto Real, Quatis e Volta Redonda. Mas o que importa era que éramos felizes de verdade!

Rosana....

Sempre fui insone. Na infância, relutava terrivelmente contra o sono. Na adolescência e na fase adulta também. Fiz questão de ser sincero, pois é muito natural as pessoas de cinquenta e cinco anos começarem a dizer essas coisas da seguinte forma: "era insone na infância" (e depois pulam todas as outras fazes); e continuam: "agora estou melhor". Não quero ser prolixo, mas dos cinco aos cinquenta e cinco tem uma longa estrada.

Primeiramente, quero deixar claro que isso que escrevo não é um livro de autoajuda! Não tenho nada contra esse tipo de literatura, mas essa daqui não trilha por esse caminho. Não conheço as regras do jogo da vida e aqui sou um jogador propenso a ganhar ou perder algumas partidas, todavia não fujo delas. Não sou e não quero ser como esses jogadores chatos que se sentem melhores do que os outros a ponto de ensiná-los a jogar, porém tenho boas lembranças de jogos e de pessoas que muito me ensinaram a viver.

Rosana foi uma dessas pessoas e o jogo resta um também foi um deles. Primeiro falarei do jogo: vocês se lembram desse quebra cabeça? Colocávamos todos os pinos nas marcações do tabuleiro e íamos comendo peça por peça. O objetivo final para que o jogador fosse campeão era que restasse apenas uma peça no final do jogo. Iniciei a partida pelo centro do jogo, e sobraram cinco peças. Diante da péssima *performance*, tentei reiniciar pela lateral esquerda e melhoraram os resultados, sobraram apenas três. Continuei na partida tentando melhores resultados. Na *performance* posterior, consegui finalizar com duas peças. A obstinação em duelar com aquela pequena caixinha de jogo me absorvia completamente. Não podia pensar em não ganhar. Acho que estabelecendo um paralelo com o jogo da vida real, as nossas imposições são mesmo muito semelhantes ao jogo lúdico.

Entramos em propósitos e decisões seríssimas. O nosso desejo de ganhar é sempre necessário para que prossigamos nos ilusórios modos de viver. Obviamente que não haveria de ser diferente!

A grande partida denominada "vida" requer sempre temperança e equilíbrio, isso é fato! Para que a boa performance se dê, é necessário o absoluto comprometimento às regras. Isso é necessário para entrarmos em qualquer partida. Agora chegou a vez dela: a única pessoa da família que claramente dividia reflexões sobre esses jogos vitais comigo.

Rosana era contemporânea a mim, uma mulher linda para a qual os anos não passaram. Ela é, de fato e de direitos, uma irmã, mesmo sendo prima (só para referendá-la, retornando a um conto anterior, ela também tinha boca de morango e se parecia com a Branca de Neve). Mas Rosana era muito mais do que isso: mulher chique, advogada, dona do próprio nariz, estudiosa, descolada, praieira, brejeira, kardecista, curtia homeopatia, ouvia rock e boas músicas, adorava cinema, literatura, pintura, e se jogava em todos os movimentos alto astral que aparecessem. Do Bar do Chuveiro ao picolé Hagen Dass, passando pelo banho de espumas da Ilha do Arroz, em Angra dos Reis. Rosana estava em todas. Ela há de convir que as nossas férias eram gincanas e era eu quem coordenava a maluquice toda!

Nas férias o dia começava no café da manhã. No nosso menu tinha do café ao suco de caju, mas não era tanta variedade assim: era café ou suco de caju. Rosana não gostava de suco de caju e seria muito indelicado dizer "tome café". A seduzia a tomar suco de caju fazendo cara de quem tomava *Milk Shakespeare*. Mas éramos tão apaixonados, que ela embarcava numa boa. No entanto, a noite era a melhor parte do dia para mim. Após todos estarem exaustos por já terem nadado, pulado, bebido e dançado no mar, era hora de ouvi-la contar sobre as experiências transcendentais dos mestres da meditação. Gostava tanto disso e precisava ouvir atentamente, só que, depois de tudo, era necessário inversamente fazê-la me ouvir reciprocamente a respeito das minhas descobertas sobre o jogo resta um e as suas correlações com os processos vitais! Entenderam? A rotina não era fácil. A minha e a da Rosana era: acordávamos oito e meia, tomávamos café, saíamos de lancha para o mar, chegávamos cinco da tarde, comíamos loucamente, os outros envolvidos iam dormir ou faziam o que quisessem. Eu e Rosana, que não desgrudávamos um do outro, cismávamos de elucubrar sobre papos cabeça no *after all*. Ficávamos mais seis horas acordados e só dormíamos depois que ela dava uma demonstração transcendental e empírica de todos os fenômenos já mencionados. Ela ia falando, fechava os olhos e a boca voluntariamente, fazia bicos e dizia coisas estranhíssimas. Eu sentia um pouco de medo dessa parte, pois, na sua exibição, via-se claramente que uma grande parte dela dormia e outra ficava acordada como um morcego albino balbuciando palavras até que uma delas fosse a derradeira e a nocauteasse. A partir daí, a gata borralheira se desfalecia e derretia na cama como um paraquedas que aterriza.

Fim de citação. Ah, que história maravilhosa ter uma prima como a Rô.

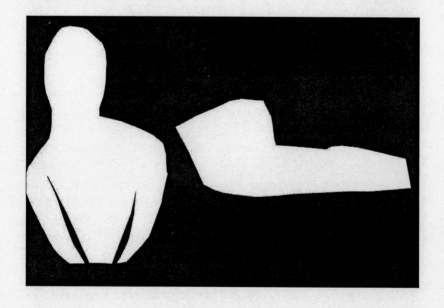

Entre mortos e assombrações

O sujeito foi claro; disse: "Morrer é a última coisa que eu quero fazer na vida! Entenderam?" Essas confusões acerca da morte nos deixam de cabelo em pé... falou em morte, pego para ler com calma. Dia desses a viúva de Tenório deu uma belíssima explicação do que acometeu ao seu marido: "Tenório estava ótimo, risonho, parecia que estava adivinhando... não brigou com ninguém, varreu o quintal, namorou gostoso, e dormiu... quando acordou estava morto!" Acho angelicais aqueles comentários que dizem que o morto estava lindo, parecia que estava dormindo... tanta gente aparece nessas horas. Do lado de cá fico pensando em quantas intenções um pobre defunto arrasta. Os seres humanos são extremamente paradoxais, são bonzinhos e insuportáveis ao mesmo tempo... a natureza é sábia, o tempo que passamos por aqui é suficiente para que uma legião a distância, que fique claro, nos ame e outra nos odeie. Só ouço aqueles gritos de "volta Valmir", ou "Verinha", ou seja lá de quem for, no dia do enterro. A novíssima versão contemporânea dos medos de fantasma inclui a do sujeito que vai para a porta do cemitério maquiado, pede um Uber e na primeira curva diz para o motorista: "Vá devagar porque foi aqui que eu morri..."

Voltando ao papo da legião que um defunto arrasta no dia de sua morte, tem a dos familiares que realmente sofrem no pelotão de frente, no meio os nem tanto assim, e na rabeta a(o)s amantes, os credores ou devedores, os curiosos e aqueles que por motivos variados se certificarão de que a criatura realmente cufô, foi a oló. No dia do enterro, há a catarse coletiva de todas essas intenções descritas acima, posteriormente a turma se acomoda e sempre entendem que foi melhor assim... Adoro ver tucanos, nem os amo tanto, mas sempre que os vejo, desejo vê-los novamente ...

já os falecidos, que dizemos que amamos, não queremos o seu reaparecimento nem por reza. As entrelinhas sempre nos dizem que foi muito legal enquanto estiveram por aqui, mas deixemo-los por lá...é melhor para eles... precisam descansar!

Comumente é o que ouvimos... é claro que para tudo no mundo existe um plano B. Quantas pessoas nos azaram quando estamos casados e gostaríamos de oportunizá-las sem pecar... já pensou prosseguir a vida com um novíssimo amor e o falecido ressurgir? Luciana, jovem adulta, religiosa, alvinha feito a neve, sonhadora, romântica, disse para o Rubão, seu noivo, que o amor que nutria por ele ia para além da vida... ao ouvir tal declaração, o moço taxista, montou no dezoito e sumiu ressabiado para sempre. Há que ter cuidado com o que se diz... as más línguas dizem que ele se queixou com os amigos; disse: "Sai fora, vai ficar feito alma penada atrás de mim." Fiquei pensando enquanto escrevia; já pensaram o falecido marido puxar o seu pé no cochilo do motel?

Pior horror ocorreu no salão de um centro espírita. Uma mãe furiosa desprezou o recado do médium! O seu falecido filho era um jovem militar, soldado e se manifestara de forma indecorosa, por meio do religioso; dizia: "Eu tavo soltando pipa e veio um raio e me pegou eu." A mãe atônita com o frágil dialeto do jovem bradou: "É eu estava, Celso, até aqui você me faz passar vergonha!" O espírito malcriado respondeu, "Eu tavo, eu sou macho, pô... deixa a minha vida." A mãe furiosa disse: "Que vida menino, você anda mesmo no mundo da lua, acorda." A mãe não gostou nada desse encontro, que transcorreu mais ou menos assim, e disse-lhe: "Que Deus tenha piedade do Celsinho, mas, para mim, chega." Dizem até que depois dessa experiência a senhorinha virou crente.

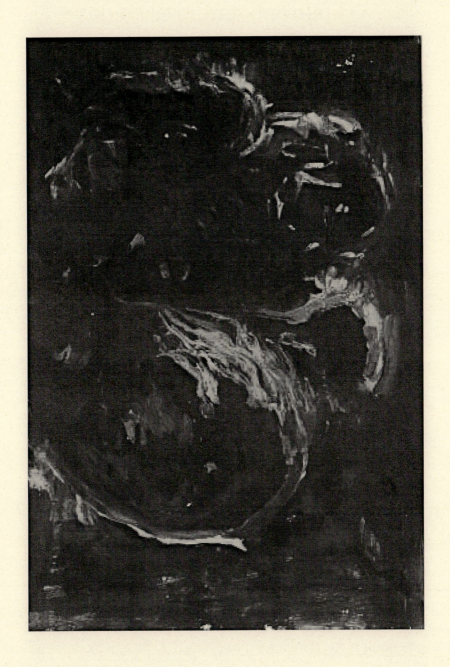

O melhor o tempo esconde.

Coisas que o Renato não sabia! Os meninos da minha idade diziam que o senhor Antônio era português. Isso por causa de um forte sotaque seu; todavia, português de onde? De Bariloche! Oras, de Bariloche? Quando tomei intimidade com o mapa e localizei a cidade na Argentina, fui explicando para cada um deles que a nacionalidade do senhor Antônio era Argentina. Eles não se convenceram e no final das contas fui voto vencido.

Sem maiores complicações identitárias ele foi o mais ilustre português da Argentina a morar na nossa Saramandaiesca Barra Mansa. Não sei como conseguia reunir tanta roupa bonita para vender. Todos os dias eu aumentava umas quadras no percurso para visualizar as peças da vitrine. Aqueles produtos não eram para o meu bico, pois, segundo o meu patriarcado, roupas de marca não seriam duráveis, portanto, as boas seriam compradas na feira. A frustração semanal de ver coleções lindas e não poder tê-las não me impedia de vê-las. Na ocasião desejava um milhão de coisas que não podia ter — roupas de marcas, prancha de surf, skate (adiante contarei para vocês o meu problema com o skate), moto e mil outras coisas. Até que numa semana a Bariloche exibiu uma camiseta bege escrita de vermelho e azul: CHICAGO BEARS. "Pirei na cena" (termo utilizado pelos amigos do hospital psiquiátrico de Jurujuba), quando vi aquela joia, não tinha noção do que queria dizer, mas tinha certeza de que se a colocasse no corpo viraria a sensação da cidade. Renato, seu filho, era da nossa turma. Garoto extremamente elegante e boa praça. Claro, deveria ser o Steve Austin, "o homem de seis milhões de dólares" da cidade, pois poderia pegar a roupa que quisesse na loja do seu pai. Na fatídica semana da pérola na vitrine, convenci meu pai a me dar (a absoluto contragosto) uma roupa diferente das que ganhava. A ansiedade no grande dia estava elevada à última potência. Convenci-o a ir comigo examinar o produto na loja. Chegando lá, diante daqueles dois adultos, pedi para experimentar a camiseta, entrei no provador e ficou linda... saí certo de que diriam que estava muito boa. Foram etapas de sofrimento, pois sabia que, da concessão estética ao valor do produto, cada ponto seria discutido... Novamente tentei fazer aliança com o senhor Antônio, mesmo sem antes o ter conhecido em carne e osso, e lhe disse esperando adesão: "Essa camiseta é muito durável e resistente, não é?" Ele já devia estar de saco cheio daquela nossa peleja por conta de uma camiseta e disse com um sotaque muito carregado: "Se queres algo resistente, compre um martelo.", dobrou a camiseta e se virou de costas, recusando-se à negociação. Aquele foi indubitavelmente um dia de luto e derrota na minha vida! Meu pai saiu enfurecido da loja e me disse: "Você me faz passar por cada uma! Não me chame nunca mais para essas coisas e no dia que se tornar adulto compre o que quiser!" Por pior que tenha sido a vivência descrita, aprendi coisas fundamentais para a vida. Puxa-saquismo, conchavos e alianças não são úteis nunca, nem para aplacar o nosso maior desejo, ademais, são coisas da natureza da "*decadence*"!

A outra etapa do aprendizado deu-se com relação ao skate. Acho que ainda estou traumatizado para contar essa história, mas, mesmo assim, contarei. Talvez, com alguma indigestão ou desgosto evocarei essa lembrança! Era um objeto de veneração nosso... Marcelo e eu sonhávamos em ser skatistas na juventude. Com insistência, conseguimos ganhar um representante usado como presente de Natal. Todos os dias o reverenciávamos mesmo sendo velhinho. O problema da aquisição daquele tesouro estava no fato da imposição paternal do uso coletivo. Na juventude somos singulares e territorialistas demais para admitirmos dividir o nosso objeto de amor e desejo com quem quer que seja. Não podíamos arcar com o estabelecido sem nenhum atrito. A utilização era angustiante, pois amávamos deslizar naquela prancha e a ordem era de que após cinco minutos de uso, deveríamos passar a bola para o irmão. Transgredimos as regras, caímos numa porradaria e a nossa punição foi severa. Diante dos fatos, papai tomou o nosso presente em mãos e num golpe contra a sua própria perna quebrou-o em duas partes. Como castigo deu uma rodinha para cada filho e proferiu a frase: "Acabou o problema de vocês!" Fiz questão de guardar a minha por até pouco tempo — por todos esses anos serviu-me de reflexão.

    Hoje, para lá de adulto, esqueci completamente o skate, mas digo que à hora que encontrar uma camiseta bege escrita Chicago Bears, comprarei sem olhar o preço, ah, juro que comprarei, custe o que custar!

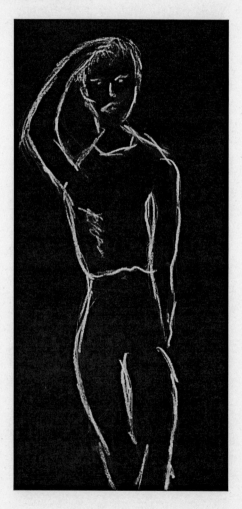

Casamento é bom?

Vocês conhecem casais em que há um único e explícito beneficiado com a relação? Vê-se tal fato naquelas situações de divisão de direitos e deveres onde um dos lados tem pesadas responsabilidades e o outro, intensa diversão. Pedro se queixa (no que concerne a usufruir de bens) que os seus pertences são "nossos", enquanto os de Cláudia são exclusivamente dela. Difícil tratar desses espécimes na contemporaneidade. Quando o assunto é família, a teoria sistêmica preconiza que quando o pai assume o lugar de pai, a mãe o de mãe, o filho mais velho de filho mais velho e o filho mais novo de filho mais novo, então, há equilíbrio. Todavia, há fatores intervenientes na sociedade contemporânea que embasam a questão sentimental. Indubitavelmente o que se denomina de egoísmo é o primeiro do ranking.

Neste raciocínio, o amor apresenta-se travestido por diversos interesses que ameaçam e descreditam a "instituição". Claramente vê-se que aquele antigo e romantizado substrato necessário para que a união de duas pessoas se dê foi revisto. O tratamento dispensado ao outro não é mais o de "meu bem" (fazendo alusão ao amado), haja vista que o assunto que prevalece nas rodas sociais diz respeito aos "meus bens". As pessoas adoram demonstrar o poder por meio do dinheiro e, nesse raciocínio, o amor está atualmente associado à fantasia de casarem-se para engordar as benesses. Fato é que os benefícios desta natureza se desdobram por motivos improváveis. É muito natural pessoas mudarem-se para países desenvolvidos e posteriormente se interessarem em casamento para aquisição de cidadania.

Com a ajuda dos leitores exemplificaríamos as uniões sobre quaisquer outros ângulos ou benefícios inimagináveis que os valham. Se tentarmos compreender a relação custo e benefício da união iremos aos píncaros da loucura com os exemplos que temos. Por vezes, o que uma das partes deseja é tão somente vampirizar a juventude do outro (o que normalmente é pago pelo usuário com excelentes cifras). Nem sempre há por parte dos envolvidos a sutileza de esconder a negociata da união, e, assim sendo, o amor será rapidamente substituído por conveniências! No equívoco geral, a regrinha anteriormente citada de equilíbrio no status-quo das famílias se deslocou para as extremidades... está difícil até para os profissionais do assunto compreenderem os fenômenos mercantilistas das afinidades afetivas. Não fosse o fato de eu estar envolvido nessas situações profissionais, talvez deixasse esse assunto para lá; mas repensando enquanto escrevo, lembrei-me de que estou envolvido afetivamente também com a questão, pois, na pior das hipóteses, os amigos são colocados como cúmplices dessas situações. Vejam vocês que um dia desses me ligaram de uma loja de eletrodomésticos perguntando se o CPF de número tal era meu; achei que se tratasse de cobrança e assustado respondi afirmativamente. Do outro lado da linha, a telefonista disse: "Consta para mim que o senhor foi convidado para a festa de casamento de fulano de tal." Pensei com os meus botões, "O que essa dona tem a ver com isso?" E prosseguiu dizendo, "Queremos informar que quase todos os convidados dessa festa já compraram os presentes e os itens que agora estão na lista são: geladeira, fogão, ar-condicionado e o refrigerador de vinhos. Qual desses o senhor irá escolher?" Perdi o fôlego com a intimação! Senti vontade de gritar: "Quero saber sobre a procedência do whisky e dos croquetes que servirão nessa maldita festa!" Dizendo isso em voz alta, lendo e relendo essa intimação, conversando com os amigos, fiquei sabendo que festas viraram grandes negócios. Disseram ter sido vítimas de atos e de imposições piores do que a ocorrida comigo. Segundo especialistas no assunto, raciocina-se que o custo-benefício de uma comemoração matrimonial deva ser avaliada a partir da retornável arrecadação.

Exatamente como nas campanhas dos políticos, gasta-se uma fortuna na campanha na expectativa de reaver no mínimo dois tantos do que foi investido. Talvez seja feio pensar na questão de forma tão reles e ressabiada, mas fato é que ninguém mais dá ponto sem nó. Sou amigo de uma família cartorária que registra casamentos. Um dia a matriarca nas suas atribuições legais foi informar ao noivo o preço do registro. O cara deu um pulo arregalou os olhos e disse: "Está muito caro!" Ela fechou o livro e respondeu-lhe: "O senhor não está pronto para se casar, pois, se no exato momento de pagar o ônus o senhor fraqueja, jamais conseguirá obter o bônus." E completou: "Eu jamais me casaria com o senhor!" Ponto-final.

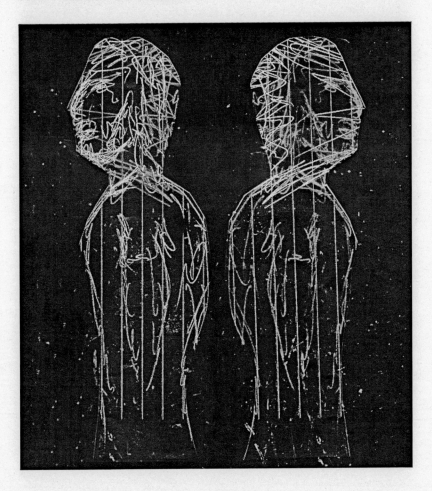

Sobre a insensibilidade humana...

O fato ocorreu no departamento de crianças disponíveis para adoção. Após conversar demoradamente com a assistente social, disse-me que convenceria Xandinho (criança disponível para adoção) a dar umas palavras comigo; sem nenhuma resistência, ele apareceu virtualmente na tela do celular num dia muito frio. Estava com um sorriso perfurado de cáries, vestido com roupinhas muito velhas, surradas, e um sapatinho engraçado, espessamente peludo, feito de pele de animal. Na tentativa de entretê-lo, falei que os seus sapatos eram legais. Ele começou a coçar as pernas e numa linguagem lúdico/infantil disse-me: "Esse sapato tem muitas pulgas; o coelho morreu, mas a pulga viveu (sic)" e caiu na gargalhada! O seu aparecimento na câmera foi meteórico, fez essa troça, sorriu e emudeceu... na verdade, percebi que para além da espontânea brincadeira, o guri intencionava claramente a me mandar um sério recado, e após a quebra do gelo, disse: "Tio, reze para a minha mãe catar bastante tomate e fumo no campo da agricultura para ela não precisar me dar para nenhuma dona rica". Assim transcorreu a nossa conversa. O meu desejo de adoção e outros conceitos relativos ao que é agro, pop e bom se dissolveram naquela situação. Coitado daquele menino que tão unicamente desejava permanecer ao lado de sua mãe. Na mesma manhã desse encontro, com o protocolo da adoção, conversei demoradamente com um personagem deste livro que poderia ser o mentor dos assuntos sociais abordados aqui; ele me sugeriu escrever um texto sem letras, sem palavras, sem tintas no papel para expressar o vácuo que essas dores produzem nos nossos corações. Assim desinscrevo essas inscrições, desdigo o que foi dito para não entristecer o coração dos leitores... façam de conta que isso que vocês leram é mentira, defendam-se dos sentimentos desagradáveis, imputem dúvidas à idoneidade do escritor, pensem que a nossa realidade social não é assim e creiam que as crianças nunca ficam tristes porque não entendem o que lhes acontece.

Mudando um pouco de assunto, um dia, na sala de espera, um senhor carrancudo de voz pigarrenta disse que amava os cães, mas que se porventura visse um cachorro sendo atropelado na avenida (criou-se um suspense na resposta) viraria a cara para não estragar o seu dia! "Não podemos estragar os nossos dias, afinal de contas não viemos ao mundo para experimentar a infelicidade, não é?", explicou ele. Dia desses uma senhora me viu escrevendo na sala de espera da mesma clínica de tratamento psicológico que o senhor insensível estava... e desejou conversar! Disse: "O que o senhor está fazendo?" Respondi-lhe que estava escrevendo e não dei muita atenção, pois, nessas horas, se as coisas que estamos escrevendo saírem das nossas cabeças, em um minuto migram para o Alaska e a gente não as vê mais. Percebi que a atendente tentou sinalizá-la para me deixar em silêncio, fiquei de cabeça baixa entretido na atividade que estava compenetrado e a vi novamente se comunicando gestualmente com a secretária, rodando o dedo em volta do ouvido mostrando que eu deveria ser louco. Todavia, não satisfeita, voltou a me perguntar: "O que faz um escritor?" Olhei-a simultaneamente nos olhos e a conduzi energicamente como se estivesse esticando o seu rosto em direção ao texto na tela do celular. Construí uma potente, evidente e expressiva comunicação muda! Acho que fui capaz de lhe fazer entender sem pronunciar uma palavra tudo que ela deveria saber e que naquela idade ainda não havia compreendido.

Transpondo essa forma de comunicação silenciosa, absolutamente incolor para os ignorantes e truculentos do mundo, gostaria que uma imagem fosse capaz de lhes devolver as relações de sensibilidade que perderam nos cursos de suas vidas. Não me interessa compreender solitariamente a origem das dores dos seres humanos, a sensibilidade deveria ser um componente presente em todas as pessoas. A natureza deveria nos equipar para compreendermos os códigos de humanidade e nos sinalizar sempre que uma desumanidade estivesse prestes a ser deflagrada. Essa espécie de aptidão biológica para a empatia teria que ser algo intrauterino, constituída anteriormente à existência corporal — uma espécie de característica coletiva de legítimo amor pelos seres vivos. Há de haver formas de reciprocamente sermos vistos por aquilo que olhamos — imaginem se a miséria nos olhasse com a mesma indignação que olhamos para as situações miseráveis e nos perguntasse qual a nossa parcela de contribuição para ela permanecer na face da terra? Será que responderíamos ou continuaríamos virando a cara?

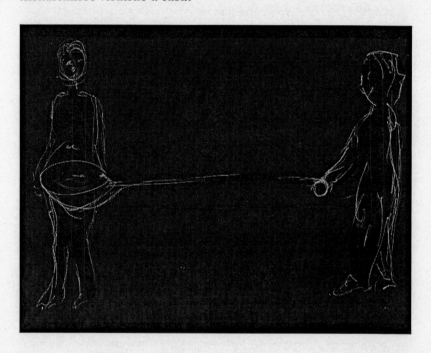

Sobre a tagarelice humana...

Ela disse que o amava, ele arrumava a gravata para sair às pressas para o trabalho, mas respondeu naturalmente que precisava pedir carne para o almoço, e foi descendo as escadas... não houve expressão de dor profunda na contrarreação dela. Talvez o gesto com o pescoço denunciasse um pequeno mal-estar, todavia, percebia-se claramente que o grande sentimento não estava mais ali... nem para o bem e nem para o mal. Mas, mudando de assunto, ela, antes da partida do marido, gritou: "Hoje é o aniversário de Neuzinha, minha irmã, não vá se atrasar!" Ele, de longe, com inexpressiva cara de quem já acordou cansado, moveu uns projetos de rugas do rosto e se fez entender que iria ao evento. A estranha história que contarei se passou no mês de junho de um ano qualquer, mas a festa iniciou precisamente às dezenove horas de uma sexta feira.

Neuzinha, com a boca bem vermelha de batom, sentimentos maquiados, usando um chale de crochê e gestos gentilmente decorados, abriu a porta e deu entrada para os recorrentes convidados que receberam o teatrinho como uma bola de soprar. No interior da festa, os dois garçons passavam com salgadinhos quentinhos e as mulheres de boquinhas vermelhas como passarinhos biquinhos de lacre, micromovimentavam-se e mastigavam como se estivessem ciscando. O presente relato foi assistido por Pedro (um solteirão, possivelmente gay), amicíssimo da aniversariante e nem tão amigo da turma. Homem de muita determinação e sensibilidade, armou-se prevendo que havia algo enfadonho no convite da amiga e, antes de sair de casa, fumou um baseado para se acompanhar da possível solidão existente na festa da insossa foliona. Posteriormente, em desajustado ato, farto de receber olhares incógnitas daquelas senhoras, justificou-se em voz alta para todos e disse compreender reuniões vazias, pois, embora convidado por muitos, raros são os interlocutores que realmente promovem boas energias. Mal-estar estabelecido e razão à parte, essas eram as prerrogativas do pseudointelectual da caraminhola mole, e prosseguiu; nas palavras de Pedro: "Preocupo- me por tentar ser desses que nos fazem sentir plenos sempre. Acho legal o tempo de maturação das coisas. As teorias não são o que são simplesmente porque afirmamos! Vimos empiricamente que boa parte de suas propriedades ganham formas e se apresentam à medida que compreendemos as suas respectivas composições e significâncias. Tenho o privilégio de lentamente experimentar diálogos e sensações raras, amparados por sentimentos de delicadeza, sensibilidade e coragem. Ninguém sai incólume de uma boa experiência (sic)!"

Não sei se o ocorrido passa fora deu-se por excesso de sensibilidade produzido

pelo efeito da maconha, fato foi que o tiozão antagonicamente arrasou no recado, só que a partir daí, criou-se um objeto persecutório no recinto! As pessoas orbitavam em volta dele realmente perseguidas, enquanto o ácido cidadão simplesmente registrava criticamente a baladinha. A verdade é que após essa pequena e soberba manifestação de grandeza do moço, Neuzinha substituiu o hit (*Girls Just Want to Have Fun*, da cantora Cindy Lauper) que sempre animava o cunhado, pelo *Barquinho*, do cantor João Gilberto. As passarinhas que após as bebidinhas se poriam a dançar, não dançaram. Abre-se aqui um parêntese: segundo a aniversariante, não dançaram porque não quiseram, haja vista que o repertório não foi *cult* o tempo todo. Variadíssimos hits tocaram, obviamente que não faltou *New York, New York* do Frank Sinatra e também a banda Calipso (ainda com o Ximbinha e a Joelma).

Mas a grande crítica à festa deu-se por conta da presença do intruso. Ele impediu momentos íntimos e familiares. A maioria dos convidados eram parentes (representavam setenta por cento do contingente). Eles são sempre convidados para rechearem as festas. Nessas ocasiões, todo esforço é válido para que emerja o esperado sucesso; todavia, a falta de liberdade ocorrida especificamente nesta reunião impediu-os de chorarem na última etapa. Sim, segundo a Neuza, fritadeira oficial de salgadinhos da família, após muito comerem e beberem, há o último e derradeiro gesto. A família chora por novas inserções e escolhas malfeitas, por quem empobreceu, pelos amores desfeitos, e chora também por novíssimas intempéries ocorridas na própria festa. No final das contas, todos esses motivos se somam para a derradeira e famosa catarse fúnebre. É tradição familiar grande/trágico desfecho!

Para Pedro, o "Destroyer", tudo lhe pareceu onírico. Desabafou: "É como se eu estivesse em um grande viveiro de pintassilgos e passarinhas, uma revoada de penas aprisionadas por prazeres limitados aos poleiros. Passinhos curtos de animaizinhos enjaulados no cárcere da vaidade e do auto desconhecimento." Mas o que importa mesmo nessa história é que Pedro nunca mais foi convidado e as aves raras viveram felizes para sempre.

Sobre uma senhora chamada Angústia

Eu não a tinha convidado naquele início de manhã, aliás, nunca a convidei para nada; todavia, ela sempre chegou de uma maneira que lhe é peculiar. Surge das profundezas do inconsciente e vai se impondo, querendo conversar sobre temas inoportunos. O tempo dela é imperativamente o seu próprio! Deixa-nos com uma péssima sensação de aflição e mal-estar. Senhora corta-onda, invasiva, arrogante e extremamente dominadora! A Dona Angústia sempre nos exige acertos de contas. É como uma austera garçonete nos trazendo a conta da vida. Alguns preços vividos são impossíveis de serem resolvidos. Sim, alguns amigos já se foram, partiram e não há mais como voltar... Não adiantaria ficar mexendo na ferida, mas ela não compreende isso e não enxerga dessa forma. Para a juíza, as nossas "faltas" fazem parte de um processo cujo tempo nunca expira, e ela está sempre de prontidão esperando acertar os ponteiros. Ninguém foi bom o suficiente na face da terra para se livrar da abordagem dela. Na contemporaneidade, a fiscalização desses sentimentos pioraram um pouco — tenho a impressão de que eles se informatizaram e a rapidez está emparelhada com a cobrança do imposto de renda. Ontem ela apareceu e, não satisfeita, hoje ressurgiu! Se tivesse vindo apenas em um dia, seria mais natural, mas quando retorna, cheira a auditoria. Pelo horário que me acordou não veio dizer boas coisas — aliás, essa é uma premissa para ser identificada, nunca traz notícias boas. Ela carrega consigo uma espécie de escadinha portátil para atracar em qualquer travesseiro. Chega de sapatinhos de salto e no embalo da caminhada o estridente toc-toc dos seus passos acorda qualquer pessoa sonolenta. Se não resolvermos logo o assunto, ela pula na nossa garganta e se aloja no nosso peito por tempo indeterminado. Esses seres denominados de sentimentos hostis fazem estragos nas nossas emoções.

A primeira incumbência da Angústia é se encontrar com a Dona Harmonia (que também mora no interior do nosso peito) e, posteriormente, rasgar-lhe a saia sem pudores. Exatamente desta forma, a Angústia tem horror à Harmonia. Flagrada por alguns em uma das baixarias, a impositora chamou a charmosa Harmonia em tom insultuoso de Branca de Neve. Deve ser pelo lado dondoca da delicada senhora. Os assuntos que cabem à magistrada são diversificados: ela surge para nos fazer pensar se temos saldo para resolver as nossas dívidas, se estamos sendo corretos com os nossos filhos, parentes e amores, se fomos realmente maduros naquela vez que fingimos estar dormindo para não se despedir da visita que deixava a casa dos nossos pais... coisas assim são temas preferidos da nefasta senhora.

Comumente a Angústia é vista com a Dona "Franqueza" (diga-se de passagem, outra chata e pernóstica senhora). São duas criaturas meio détraqué, que não se preocupam em desagradar. Essa confusão toda que elas produzem é difícil de aguentar. Causam insônia, confusão mental, irritabilidade, tristeza, baixa energética e muita fadiga. Essas forças contrárias dos sentimentos hostis contra os nobres são frequentes na nossa existência, não ousemos duvidar do que passam os nossos semelhantes! Justo foi um jovem casal que desejou alugar um apartamento ao lado do meu... bateram na porta se apresentaram e disseram que eram mantenedores da boa energia... e prosseguiram dizendo: "Nós eventualmente brigamos, mas fazemos isso em tom baixo!" Dei risadas com a situação e perguntei-lhes sobre a finalidade ou o motivo na redução dos decibéis na hora da porrada. Eles responderam que era para não acordar os sentimentos desprezíveis, eles têm sono leve, quase não dormem e são bem-dispostos. Acho que compreendi a metáfora e a nobre intenção deles. A partir desse exemplo, resolvi me policiar e agir da mesma forma: falo baixo para não acordar os meus inimigos!

Mãe não é um ser, é uma instância!

Ela disse: "Está uma delícia." Perguntei-lhe "O que está uma delícia?" Respondeu-me "O pão, o bolo, tudo…", mas se esqueceu de falar do café com leite "adoro tudo, como de tudo, graças a Deus", continuou ela.

"Qual o segredo para aguentar o seu marido?", perguntou-lhe a Bia, ainda conosco sentada à mesa do café. Em tom zangado, mudou de assunto e não respondeu imediatamente, mas *a posteriori*, de forma nervosa, zangou: "Não tente entender a minha vida, ok?" Entre as boquinhas nervosas que se alternavam entre as comidinhas e a bronca proferida, estabeleceram-se lacunas de elucubrações. Segundo ela, seus pais e titias (todos falecidos), com frequência a visitavam. Disse-nos inclusive que uma dessas tias está velhíssima; passando da hora de subir. Atentei-a para o fato de que a dita cuja já subiu, ela naturalmente disse que quem morreu uma vez pode tranquilamente morrer de novo, segundo ela, é até mais fácil por conhecer bem o caminho.

Mamãe, quando adoeceu de Alzheimer, estabeleceu, como haveria de ser, rupturas com coisas que lhes eram familiares e trouxe situações sobrenaturais para o nosso convívio e reflexão. A decrepitude mental é uma dimensão da vida humana e tem que ser compreendida como tal; todavia, isso não nos impede de cantar, dançar e de investir pesado na alegria. Amélia, nome do qual muito se orgulha, carrega um manancial da transparência e da franqueza, afinal de contas… Amélia é a mulher de verdade. O hino do cantor Ataulfo Alves é a nossa saudação. Quer vê-la feliz, cantarole essa canção próximo a ela que o dueto estará formado. Mamãe lecionou língua portuguesa e inglesa durante toda a sua vida. Para criar-nos trabalhava em diversas matrículas, vendia produtos de beleza e joias… era uma trabalhadora incansável.

Porém, os momentos que estava exclusivamente conosco sempre foram de muita qualidade. É bom ser cúmplice dessa condição, ambos saem ganhando. Tenho vídeos extasiantes dela dizendo: "Nossa, meu filho, como eu fui boa para vocês!" Essas afirmativas arrebatadoras não permitem dúvidas, são reais.

Vou dizer-lhes sobre a realidade dessa boa maternagem: l- mamãe nunca quis saber coisas que não eram da sua alçada, não metia o bedelho, era discreta, fazia vista grossa, mas se porventura disséssemos em tom de denúncia que algo não muito natural estava nos acontecendo, ela literalmente enlouquecia. A exemplo do que digo, tínhamos brincadeiras muito brutas entre os amigos e o tal do garrafão era uma delas. Fiz até questão de esquecer um pouco as regras dessa porradaria, mas por um motivo qualquer que não me lembro agora, se ocorresse algum erro por parte do(s) participante(s), seríamos linchados por todos os jogadores. Na descrição da questão, os leitores já podem ter ideia do quão esdrúxula e violenta era a brincadeira! Na vida real era muito pior, pois ficavam infiltrados entre nós, jovens, velhos e novos adultos para perversamente baixarem a porrada nas crianças. Uma vez fui vitimado por um covardão desses: levei uma porrada tão forte nas costas que quebrei a máxima filosófica estabelecida por ela, de que, se apanhasse na rua, apanharia novamente em casa. Subi as escadas segurando o choro, entrei no chuveiro caladinho, mas Dona Amélia, com seus super pressentimentos, percebeu que algo errado tinha me acontecido. Chamou-me por diversas vezes, bateu na porta do banheiro, esperou-me sair do forjado banho e quando viu as minhas costas desenhadas de vermelho com uma mão imensa e em chamas, disse com os olhos em brasa: "Quem fez isso em você?" Juro que não respondi; segurei o choro novamente e fiquei duplamente assustado: ela desceu com uma vassoura e foi para o nosso *playground* de pobres. O "campinho" era um terreno baldio onde a molecada se divertia, era um lugar público. Ali aconteciam as nossas brincadeiras. Segundo os meninos do bairro, a "furiosa matriarca", sem pestanejar, desceu o bambu, ou melhor dizendo, a vassourada no culpado delinquente. Bateu-lhe tanto que a vassoura quebrou e para finalizar disse: "Vá buscar a sua mãe para apanhar também". E em tom moralista finalizou: "Isso é para você aprender a deixar de ser covarde." Passaram-se anos e num encontro das suas amigas da costurinha, uma das mães pronunciou a maldita frase "Lá em casa é assim, se meu filho apanhar na rua, apanhará em casa também." Minha mãe instintivamente com olhos encharcados, disse para a tal mãe orgulhosa: "Nunca diga isso." Chamou-a em um espaço privado e contou-lhe a nossa história... bem, essa é apenas uma das nossas histórias!

Aprendendo sobre hedonismo...

Vá assim mesmo! Na hora de sair some a carteira, o cachorro lhe pede para ficar, a(o) cônjuge chantagista se manifesta contrariamente, a primeira mensagem da rede social te chama de "alma ruim", já no ônibus você escuta a conversa de alguém sobre os imensos números da pandemia, mas vou assim mesmo. Por muitas vezes, não fui, acreditei que os sinais contrários estabeleceriam a regência das futuras engrenagens e segundo alguns, melhor seria abrir mão e ouvi-los. Não sei ao certo se as minhas melhores experiências estiveram na subversão da ordem e no desvio da obediência, ou se o meu maior prazer foi mesmo o de nunca ser subserviente às circunstâncias contrárias ao meu ímpeto, mas fato é que, na medida do impossível, faço o que desejo sempre. Não quero ser do time daqueles que se arrependem por não terem conhecido o mundo, deixado de experimentar sabores desconhecidos, nadado em praias paradisíacas e namorado em todos os portos. Quando conheço os doutrinados, medrosos e adestrados animaizinhos humanos, sinto uma profunda compaixão. Não os acho bonzinhos como desejam transparecer, sinto que estão doentinhos. Por todos os vieses da Filosofia e da Psicologia, a fácil e irreflexiva renúncia ao desejo pode apontar para sérias patologias — afinal de contas, o que seria a depressão senão a supressão total ou parcial do "gosto"? Prestem atenção, leitores, não espero angariar opiniões sobre a possibilidade de estar certo ou errado frente aos meus *modi operandi* e as decisões que estabeleço para o fluxo da minha vida; neste caso a tratativa se dá de forma imperativa e na primeira pessoa: eu sou assim e a verdade haverá de prevalecer e triunfar.

Lembro-me do dia em que uma cliente chorava dizendo que a sua vida não fazia sentido, que ninguém a convidava para nada e que o tédio e a tristeza eram presenças cotidianas em sua vida. No final da consulta, já saindo do consultório, deixou escapar em português baixíssimo, quase inaudível, que uma amiga a tinha convidado para uma festa junina numa cidade do interior. Chamei-a novamente para dentro do consultório e pedi que ela dissesse em voz alta o que acabara de me contar entredentes. Com extrema dificuldade, ela dizia e simultaneamente negava o convite da amiga. Dizia "Ah, mas fui convidada por educação, ela é casada e irei atrapalhar, e festa junina nem é coisa que gosto tanto." Enfim, o nosso diálogo transcorreu nesses moldes. Fui imperativo e disse: "Ao chegar em casa você irá telefonar-lhe e dizer que pensou bem e resolveu aceitar o convite. Arrume as malas com as roupas que você mais gosta e vá à festa." Ela polidamente respondeu: "João, a contragosto prometo fazer o que você está me sugerindo." Não é necessário dizer que durante toda vida essa jovem senhora foi reconhecida afirmativamente pela mãe pelo fato de ser obediente e recatada do lar. Mas o que se deu no desfecho dessa história foi que nesse feliz dia, a nossa heroína conheceu a paixão que se tornou o amor de sua vida. Esse fato ocorreu há 25 anos e atualmente eles são pais de duas meninas lindas. Não me canso de ouvir (dessa hoje amiga) sobre a importância de mantermos em todas as circunstâncias possíveis, a preservação dos nossos desejos.

É claro que esse ilustrativo adendo do casal romântico que viveu feliz para sempre pode dar um caráter apelativo a esse conto feito com tanto esmero e reforçar na cabeça dos leitores a ideia de que na vida é importante a preservação do prazer para a obtenção de maravilhosas epifanias. Tenho outras histórias terríveis que deram errado do início ao fim, mas que em alguns aspectos valeram à pena. Conheço uma de um acampamento na ilha paradisíaca que choveu o tempo todo, porém há uma questão: os envolvidos, quando nos contam essas "tragédias" a luz de risos e de muita vitalidade, fazem-me pensar que em qualquer circunstância, o substrato, a essência da alegria, o motivo da felicidade serão sempre as questões relativas ao desejo. É importante ser hedonista — palavra originária da língua grega, *hedonée*, que significa tudo por prazer!

Memória da garçonete...

Ela me entregou o sorvete e disse: "É um presente! A casquinha do senhor veio premiada!" No fundo não era bem um presente, observei tudo: só veio duplicada, porque ela não conseguiu arrancar a segunda casca da primeira. Presto atenção em detalhes e adoro ganhar presentes. O que me fez desconfiar do contrário foi a forma da entrega do presente. A cara franzida e o desejo de me despachar não são formas genuínas para se presentear. Lembrei-me de uma padaria em Copacabana que tinha na ocasião um moço excessivamente espirituoso; uma velhinha na fila do pão resmungou com o dito cujo: "Pequenininho o pão, não é?" Em voz alta ele respondeu: "Aqui tudo é pequenininho, senhora, a começar pelo meu salário." E continuou gritando: "Próxima vítima!" No meu caso com a moça, fui comunicado oralmente de que estava sendo presenteado, mas corporalmente a mensagem ambígua que ouvi foi: "Coroa, desembaça que tem mais gente na fila." Não resta dúvidas que pedir para desembaçar é bem pior do que dizer que eu fui presenteado, todavia, essas coisas não são oficialmente sinônimas; e, na situação que eu estava, tudo se traduzia naquela coisa: "olha pra frente que atrás tem gente"... era um pedido metafórico para que eu queimasse chão. Isso me parecia absolutamente real.

Quando eu era criança, ficava um pouco irritado com os meus pais, pois achava difícil a comunicação entre nós. Eles não tinham problemas de expressão, eram bem letrados, mas não nos entendíamos em comunicações sutis e comumente ficava um intervalo, uma espécie de lacuna, gap entre o que falávamos. Tanto era real que, após deflagrada essa situação, ao término de tudo que se comunicava entre nós, surgia papai com uma cara avermelhada e nos perguntava "Entendeu?" Que raiva sentia desse "Entendeu?" No desenvolvimento da comunicação, não sei especificar por quais razões sentimentais surgem essas interveniências e brechas afeti-

~ 141 ~

vas. Mas que há esse fenômeno de mal-estar nas interlocuções das pessoas, isso é fato inegável! Tem pessoas que se sentem mal após o término de toda e qualquer conversa. Sabe aquelas amigas que dizem: "Você viu a forma como ele falou comigo?" E você que assistiu à conversa toda não viu nada... e a outra parte continua: "Se ele não tivesse dito sobre a 'casa' eu até acreditaria, mas essa parte dói muito em mim, pois, no final das contas, ele quis dizer que eu sou uma sem lar..." e cai em choro profundo. Não sei se somos carentes ou vivemos mesmo esperando por um vale-brinde (o que no final das contas deve ser a mesma coisa), ou se os jovens gostam mesmo de tirar onda com as suas juventudes, mas sei que no caso descrito entre mim e a garçonete, não se tratava de um "*gift*", uma prenda.

Veio-me a lembrança de um inverno que me senti imensamente solitário. O ocorrido se deu em Montreal no Canadá. O frio somado à branquitude radiante eram tão grandes que, no afã de colorir a vida, aluguei uma casa no China Town e a tiracolo passei a comer em restaurantes chineses para ganhar as mensagens orientais — junto com a conta, os garçons traziam aqueles biscoitinhos mensageiros, ou se preferirem podemos chamá-los de mensagenzinhas biscoiteiras (acho a segunda versão mais adequada e de sonoridade menos abandonadora). Sei que quando o assunto é carência, sofrência, abandono, solidão, saudade, dor de cotovelo, são necessários milhares de cantores sertanejos ou de uma Goiânia inteira em coro para tentar decifrar essas sentimentalidades. Conheci uma senhora que quando recebia o seu salário, ia na floricultura comprar flores para ela mesma. Fazia um cartãozinho com um pseudônimo masculino dizendo que a amava profundamente e mandava o entregador levar à sua casa. Não tive como deixar de perguntar de que forma ela se sentia após esse ato. Ela me respondeu que era a melhor sensação do mundo. Há desordens, irreverências e loucuras de todas as intensidades. Adoro ouvir as relações masoquistas existentes nas histórias de fãs que se hospedaram próximos de onde os seus ídolos estavam e num imenso ritual de sacrifício os amam cada vez mais. Os reverenciados sequer têm conhecimento das existências dessas pessoas e eles mesmo assim se sentem amados. Mas, voltando ao Canadá, Montreal, China Town, o bairro era a única coisa colorida na cidade. Quando se tem 30 graus abaixo de zero o céu, as ruas, os telhados, as árvores e os pensamentos são estupidamente brancos, mas entre os chineses a coisa era diferente. Um dia vi boias de piscina em formato de patinho na vitrine de uma das lojas e pensei: "Quem irá comprar isso em um inverno gélido?" Não se esqueçam, estamos falando de formas enlouquecedoras de comunicação, e as quinquilharias expostas eram comunicações visuais. Ao ver as boias me sentia estrangulado entre o desejo de um verão coppertone e a realidade glacial na qual me encontrava. Eles não paravam por aí, vendiam milhares de outras bugigangas coloridíssimas que nas gélidas circunstâncias não fariam o menor sentido Era como se, por meio daquelas cores todas, eles também me dessem um presente *fake*. Na ocasião eu me deixei enganar com a fantasia do slogan "aproveite bem o verão chinês, senhor", hoje não mais; a realidade é: estou ficando ranzinza!

Decifra-me ou te devoro!

Todos nós, sem exceção, carregamos conosco a necessidade de sermos desvendados nas nossas profundas engrenagens psíquicas. A esfinge é imperativa e nos ordenou decifrar-nos para que não sejamos devorados. Identificamos partes do que somos, porém, outras são incógnitas... distantes do nosso auto (re)conhecimento. A imagem que fazemos de nós mesmos é sempre muito diferente do que as outras pessoas enxergam a nosso respeito. Somos de fato "Entes" do nosso "Ser em Si". Pode parecer radical o exemplo que virá a seguir, mas se nos compararmos aos vegetais, aos ipês amarelos, por exemplo, veremos que naturalmente as flores desconhecem todos os aspectos que lhes compõem, ignoram até mesmo as sementes que as germinaram, quiçá as raízes que as alimentaram.

Nas nossas tenras idades, estamos muito distantes das nossas propriedades conscientes, e assim sendo, nessa ocasião, há em nós mais da natureza irracional do que racional. Um dos grandes diferenciais biológicos que estabelecemos da nossa evolução para outras espécies de seres vivos consiste no fato de estarmos constantemente propensos a nos desvendar. Afinal, no curso de nossas vidas há aproximações e confrontos naturais entre o que sabemos e o que desconhecemos, e são nesses confrontos sucessivos que produzimos desvelamentos constantes dos seres que somos. A substituição dos estados de ignorância são entraves que paulatinamente serão substituídos por conhecimentos. Não há nenhuma possibilidade dos vegetais se tornarem conhecedores de suas propriedades. O estado de inconsciência é sinônimo de vulnerabilidade. Se os homens não tivessem na parelha familiar (papai e mamãe), a possibilidade de decifrá-los na primeira infância, não sobreviveriam às vicissitudes do mundo. Isso implica afirmar que sempre desconheceremos partes das nossas ancestrais essências! Embora não tenhamos nas nossas fisiologias sementes, flores e raízes, estamos abissalmente distantes de nos reconhecermos enquanto circuitos de totalidades engendradas. Os reconhecimentos das nossas respectivas identidades, conexões e semelhanças nos fazem artesanalmente singulares em nossas existências e essas complexidades se dão por processos de intensas buscas interiores. Quero dizer que, no que cerne à ignorância, homens e vegetais um dia estiveram próximos; todavia, não podemos permanecer assemelhando-nos às alfaces pelo resto das nossas vidas. Embora nos assustemos com a esdrúxula comparação, é tão verdade o que digo que as situações de inconsciência e de perda total de respostas cerebrais são denominadas de estados vegetativos. Os vegetais nunca terão capacidade de estabelecer diferenciações estéticas entre a floração e a estrutura morfológica. As raízes silenciosamente se apropriam do solo, do húmus e do adubo para as flores exalarem os seus perfumes. Em alguns aspectos, assemelhamo-nos, à medida que nos alimentamos e produzimos excrementos em alguns compartimentos e noutros nos perfumamos para aparentarmo-nos cheirosos; todavia, temos total consciência desses processos.

Parafraseando Sigmund Freud, "é necessário refrear-se de simpatias e antipatias quando se deseja saber o que é real neste mundo". Para Freud, os cetáceos são bem mais verdadeiros do que os seres humanos, haja vista que se uma baleia fêmea emitir um sinal de acasalamento, certamente será uma sonoridade verdadeira. Há na espécie humana distorções incontestes a respeito do elemento VERDADE. Por inúmeras vezes, almejamos muito mais desejar algo do que propriamente tê-lo. Nesse sentido, o já citado pelo poeta "dom de iludir" explica-nos sobre isso. No final das contas, a ilusão acaba por confundir-nos imensamente. Para entendermos essas instâncias entre o que desejamos fazer e o que realmente fazemos, recorreremos a exemplos de objetos que são representados por diversas camadas. Para Freud, as bonecas russas condensam nos seus interiores a aglutinação de várias outras dentro de um único invólucro. Essas representações exalariam a resplandescência do que somos a partir de referências semelhantes, ou seja, a primeira e pequena bonequinha seria a essência do que seria a última. O dínamo do maciço interior seria uma espécie de epiderme (primeira camada de pele) comunicando-se com a derme (camada intermediária), até posteriormente a hipoderme (externalidade). A associação da pele com as bonecas designa um estado de comunicação entre a menor e a maior delas... Freud sempre foi muito generoso com as nossas naturezas.

Quero dizer que há necessidade de nos conhecermos para diminuirmos as distâncias entre as nossas sementes e flores. Os homens desconhecedores de si produzem inverdades a seu próprio respeito e por conseguinte são inexatos. Comumente falamos mentiras, porque desconhecemos a verdade. Por vezes, as mentiras coletivas ocupam lacunas sociais e se estabelecem como verdades — a exemplo do que digo, é natural as pessoas dizerem que gostam das artes para se apresentarem socialmente de forma mais polida. A verdade é que elas as detestam. As artes denunciam muitas coisas: a principal delas é a ignorância e a segunda a preguiça. Para se gostar de arte é necessário gastar olho, ver, enxergar. Perceber é isso, é retirar o véu espesso pelo tédio eterno da retina. Sair da impotência que nos avassala. A justificativa mencionada seria boa, porém há que se dizer para o leitor que as "chaves" da Arte propiciam bons caminhos para a vida e reduzem o niilismo eterno, seria um alívio inconteste. Acontece que o que há de crônico e acachapante nas nossas vidas requer um esforço ativo. Seria no mínimo sedutor crer em receitas por meio de instruções para se livrar todas as chatices da vida, todavia, elas não são suficientes. Essa espécie de impregnação entediante é ação majoritária do mundo nos homens contemporâneos. Precisamos nos decifrar para reduzir as mentiras e os equívocos que insistem em nos acompanhar.

Ventos com perfume de Deus...

Aquele vento entrou pele adentro... essas rajadas são raras, alojam-se na epiderme e vão se distribuindo pelo corpo. É uma espécie de prenúncio da felicidade. Tenho tentado explicar sensações não classificadas, mas necessito saber se os leitores também já foram tocados por elas. Acho que existem compartimentos internos para nos refugiarmos das constantes dores do mundo. Esses íntimos e adoráveis oásis são carinhosas chaves que possuímos para nos acalentar. Talvez, os bons lugares geográficos que guardamos na lembrança sejam amigos dos sentimentos de acolhimento e aconchego. Quando o mundo ruim se apresenta, retiro-me para uma dessas paisagens ainda que em pensamento. Tenho a expectativa de encontrar a tal "brisa boa" no último lugar que a vi ventando, mas, por vezes, a "preciosa" não aparece. Na certa deve estar atendendo a outras intercorrências, mas nem por isso desisto, vivo a persegui-la.

Era muito jovem quando cursei Psicologia. Fui o aluno mais novo, e a imaturidade me impediu de aproveitar lindas conexões existentes; todavia, as que não consegui digerir imediatamente ficaram na memória para futuras digestões. Lembro-me de que numa das primeiras vivências propostas, deveríamos colher informações sobre os gostos e preferências de um determinado colega e posteriormente apresentá-los para a turma. Era uma simples vivência de apresentação. Dentre as muitas coisas que Nilce me contou, estava a expressão genuína de alegria no fato de sentar-se demoradamente em diversificados bosques floridos. Disse que quando viajava, os jardins eram sempre os lugares de sua predileção, pois, segundo ela, neles batiam aqueles ventinhos com cheiro de Deus. Apresentadas as justificativas, mostrei-me ainda mais surpreso do que já estava, quando a moça me explicou do que era feito o referido cheiro... "O perfume que Deus usa é o extrato de todas as flores... a dama da noite é usada como fixador e ele vaporiza isso tudo com um vento suave do entardecer!" Não podia me enxergar diante de tal surpresa, tentei permanecer com uma postura jornalística dos fatos (indiferente e incrédula), acho que no exato momento da narrativa não me ative ao que me pareceu um "delírio metafórico", porém, durante a sua explicação, fiquei completamente hipnotizado com a sua boca de batom vermelho intenso e o seu volumoso cabelo cacheado. Ela também carregava um cheiro delicioso e vestia uma bata resplandecentemente branca. Senti a tal brisa cheirosa enquanto a ouvia. A outra etapa da atividade consistia no fato de apresentar para a turma a pessoa que havia se apresentado para nós. Só tomei pé de quem tinha ouvido quando, após descrever a apresentação, a turma se levantou e a aplaudiu de pé. Muitos comentários e pessoas emocionadas surgiram para lhe parabenizar. Naquele momento, saí em busca desse vento cheiroso feito de coisas simples que simultaneamente nos contagia e nos renova. Segundo Shakespeare, a desgraça nunca vem sozinha, ela se apresenta sempre com um pelotão, mas a felicidade também é assim, e temos que aprender a temperar as coisas.

Aprendi muito sobre questões relativas à temperança no tratamento que recebi de minha mãe na infância. Lembro-me dela temperando a água do banho dos meus irmãos na banheira. Mamãe media a temperatura pela fisionomia deles: quando os inseria, olhava para as suas expressões, se sorrissem, era porque estava bem temperada e ela também sorria com a sua própria exatidão. Anos se passaram e na adolescência soltávamos pipas e levávamos imensos tronchos de linhas emboladas para casa, ela recuperava tudo, desembolava todo o carretel para que pudéssemos brincar de novo. Essa aptidão natural para compreender a minha própria vida e a dos outros é herança dela. Na verdade, mães suficientemente boas são as que sabem temperar as coisas, desatar os nós, permitir o voo das pipas, auxiliando-nos a aproveitar os ventos bons.

Enfim, voltando aos ventos com perfume de Deus, não sou religioso, mas naturalmente os procuro nas paisagens de montanhas e praias, nas artes, principalmente nas músicas e pinturas, nos sabores, cheiros, nos animais e nas pessoas... essas últimas são as essências do sopro, da inspiração, do meu total interesse.

Descasca Laranjas

A cidade estava assombrada com as sucessivas aparições do mesmo fantasma. Era um homem magro, bicudo, babão, gesticulador o que assombrava o lugarejo. Para a cidade ser punida coletivamente, os moradores conjecturaram sobre um drama local que talvez pudesse se associar com o fenômeno sobrenatural. O fato mais próximo da consciência coletiva foi o enterro do taxista. A sociedade acha que o celestial não gostou das providências proferidas ao camarada.

Não ter adesão nenhuma na vida não é fácil; nunca tinha visto tal fato. Acontece que o empresariado de um lugarejo do interior resolveu pagar as custas do caixão e do enterro do bandido para que todas as pessoas da cidade tivessem o direito de calmamente conferir se realmente o lendário "dito cujo" havia morrido. Não poderiam jamais dizer que estavam tristes, outrossim não seria politicamente correto demonstrar felicidade nessas horas. Ninguém o protegeu, e isso é muito incomum. A polícia e os direitos humanos viraram-lhe as costas, os bandidos e a sociedade também. Verdade seja dita.

Acho que era Marissol o seu nome original. Havia um lado comédia, porque, dentre os muitos desastres existentes na sua vida, estava o fato de ele sempre enfaticamente se intitular para uma multidão como sendo miliciano. Ouvíamos aquela mentirada do fuinha e já pensávamos que se tivesse algum ouvinte caguete entre nós, ele realmente seria morto. Iria para a vala, como dizem os genuínos mafiosos. Marissol ou Mareado era a forma como o identificavam os seus desafetos. Era mesmo um mentecapto. A verdade era que o ser em questão estava muito mais para decrépito do que para psicopata, mas fosse o que fosse, a realidade era a de que ele realmente não prestava.

Se conhecesse alguém a quem achasse presa fácil para socialmente golpear, não pensaria duas vezes. Ninguém na cidade entendia bem a jogada dele. Não fosse um autêntico Munchaussen seria semi-honesto, pois sempre começava a contar de forma nostálgica que tentou sociedade com alguns ricaços da cidade que caíram na sua lábia. Não entendia o fato de o chutarem como se chuta uma ratazana de bueiro. O fuinha fazia confusão também com as mulheres que se envolviam com ele. Após os seus sempre curtos relacionamentos, contava para os amigos coisas das suas intimidades. Não sei se todos os ouvintes sentiam as mesmas coisas, mas as pessoas no geral sentiam muita pena das envolvidas, por saberem que eram pessoas boas que estavam em apuros ao lado dele. O traste devia pensão e ria muito das suas próprias dívidas, fugia da justiça, mulheres e filhas brigavam entre elas... e pasmem: a maneira que ele encontrava de resolver essas coisas era se passando por religioso.

Como algo natural na vida de todo psicopata, o pavor da justiça o atormentava sobremaneira. Digo justiça porque temia, como o diabo teme à cruz, os baluartes do Direito. Anísio, advogado, se atendo a um apelo de um cliente para pagá-lo e não importuná-lo, na surdina, longe do pedido e da admiração do seu amigo, não suportava ter que lhe entregar aquele imenso montante de dinheiro e, no dia do safado receber o benefício, levava uma boa retreta ainda que fosse com o fuzilante olhar. Anísio é daqueles que tem nos seus amigos a extensão de sua família e perde tempo em abrir o coração aos que necessitam dos seus préstimos; mas verdade seja dita, não pise no calo dele.

Outrora, havia alertado o seu amigo-cliente sobre a nefasta companhia com quem andava, o aviso foi dado antes mesmo de entornar o caldo. Não adiantava dizer para Anísio que o crápula teve uma finalidade na empresa, pois, no afã de tornar-se sócio majoritário, desmascarou, sem direito a ressarcimento, cinco funcionários estelionatários que só sairiam de lá sobre ameaças de um bandido do porte dele. Para o dono da empresa o benefício foi grande e o preço pago foi inferior ao prejuízo.

Para entrar melhor no assunto e ir ajustando o leitor a essa confusão toda, reza a lenda de ter morrido um homem muito feio, mas bom de coração. Os médiuns ficaram com uma batata quente nas mãos, e os gritos do injustiçado finado foram ouvidos à distância, pois, as más línguas disseram que com a sua morte criou-se um impasse para Deus. O feioso não havia sido ruim de coração e por isso deveria ir para o céu, mas também não poderia estar nos jardins celestes tamanha deformidade estética. O homem, segundo consta, passou a ser um problema no paraíso. E o traste apresentava problemática parecida, pois não era inteligente para ser comparado a um psicopata (os psicopatas detestavam ter os seus ofícios incluídos na categoria do imbecil) e entre os religiosos também não deveria estar. A raiva por ser um nem-nem o fez forçar a barra para os dois lados e, sem lugar no mundo, parecia uma bola de pinball wizard, batendo-se em todos os luminosos sem se fixar em nenhum.

O que interessa é que todas essas histórias surgiram no velório do "ex-sol ex-mar". Lá estava aquele ser reduzido a uma poça. Melhor dizendo, ele era a condensação de muitas poças. Um poço de desonestidade, de trambique, de falcatrua, de mentiras, de soberba, de traição e de mau-caratismo.

O município não tinha capacidade para suportar aquele brejo estanque, mas humilhá-lo daquele jeito não era natural em nenhum outro lugar do mundo. Colocaram até a música "O Hino de Duran" para tocar no velório e relembraram item por item da pérfida personalidade do moço. A população que conferia o "evento" era heterogênea e eclética e cada grupo trazia uma novidade sobre a vida do falecido. Os contemporâneos a ele, que eram moleque na ocasião e o conheceram na infância, diziam querer ver o tal do "descasca laranja". Esse apelido inusitado apareceu com a explicação de que pelo fato de ele ter a dentição bicuda, ser paragnato, ficou com fama de descascar laranjas com a sua dentadura protuberante...

Muitas picardias e deboches ocorreram na animada noite, mas quem não apareceu por lá foi a Fatinha, a suposta assassina.

Sobre a sua participação ninguém poderia afirmar com veemência, pois segundo ela, preparou dois bolos, um para o ex-marido e outro para envenenar o rato. Obviamente que o que tinha chumbinho na massa tinha sido feito para o animalzinho. O "mal" da moça foi o de ter colocado ambos em cima do aparador. Coisas da natureza da displicência, pois com todo esse reconhecido esmero, após cozinhar, ela descansou demoradamente num bom banho quente. Nesse ínterim, o famigerado chegou em casa devorando tudo e comeu por engano o bolo do rato. O delegado se satisfez com a versão da moça e prometeu-lhe descomplicar a vida.

As coisas não estão totalmente claras nos centros espíritas, ninguém explica com clareza esses fatos, pois, em tempos de chupa-cabras, está o descasca-laranjas assombrando os casebres com uma mamucha na boca e fiapo nos dentes, fazendo as crianças morrerem de medo. Ele tem aparecido desta forma para as crianças e também entra no sonho dos adultos travestido do palhaço Patatá e, finalmente, assume-se como o terrível meliante Mareado.

O azedo faz parte do Ser.....

Estou fazendo análise, terapia pesada, não teve jeito. Eles nunca dizem claramente o que temos, mas dessa vez a carga é pesada. São duas vezes por semana com direito a chá de sálvia, dever de casa e tudo! Desculpem se por acaso me lembrar das coisas que gosto e das que não gosto e colocar na lista durante o tempo que estiver escrevendo, a analista disse que tem que escrever se não as lembranças fogem como baratinhas de fogão. Por falar nas cucarachas, perdi o medo delas, da morte e da loucura fazendo análise. Isso foi passado, noutros tempos, mas simultaneamente entrou em declínio o meu tesão por tantas coisas... não me perdoo! Se me dessem um diagnóstico desfavorável, ou fosse preso por subverter a estabelecida ordem, morresse de qualquer causa, seria claramente compreendido por mim e certamente nada seria tão ruim! Complexas demais essas afirmações, pois não desejo desqualificar de forma nenhuma a primazia de estar vivo. É maravilhoso e deveras atraente sobre todas as outras possibilidades, todavia, o fluxo natural existe e frequentemente substitui os homens mais "gastos" pelos viçosos.

Sem extremismos, viver não pode ser comparado a comer um quilo de rapadura, nem tampouco pular para a outra ponta da balança do tal quilo de sal. Essa história de que me casei porque ela comeu um quilo de sal comigo é de arrepiar. Essa salgadinha frase é realmente infame! Acho que se a tal orgia mineral fosse tomada ao pé da letra, a dita cuja seria um bacalhau Império ao invés de esposa. Sei que macho alfa para referendar o culto a fidelidade fala qualquer bobagem, mas deixemos de exageros. Já imaginaram como ficariam os endocrinologistas se soubessem das nossas intenções com as rapaduras? E os cardiologistas com os quilos de sal? Caiamos na realidade, vamos inventar outras modas. Mas a verdade é que fiquei velho e enjoado. Não mergulho mais em lugar nenhum (rio, piscinas, cachoeiras e oceanos), como adorava fazer na infância e adolescência. Também não frequento mais churrascarias, não mesmo! Essas são as maiores evidências da minha transformação, pois elas não mudaram em nada — assim como há ortodoxia nas igrejas e nas forças armadas, há também nas churrascarias. Quantas estâncias gaúchas e restaurantes com o trocadilho "Ex-touro" existem no Brasil? Mas não odeio só as coisas que são empiricamente chatas. Detesto verão, zoológico, simba safari, arroz doce, pomadas, passear com o cachorro, imposto de renda, cheiros adocicados de perfumes, conselhos dos mais velhos, falsos-selfies, pesque-pague, tênis canoa, sapatênis, macarronese, salpicão, guaraplus, sol na laje, dizer que as coisas são uma terapia, música mal tocada, carro barulhento, *crossfit*, óleo de linhaça , dieta da sopa, trem da alegria, dente de ouro, despertador que toca Mozart, bebedouros... enfim, essa ranhetice me levou novamente à análise. É estranho essa tal alta da análise; acho que o analista enjoa da gente e um belo dia nos dichava. Bota a nossa mochilinha na porta e diz com voz de Deus abrindo o céu pra falar "você está pronto! Pode alçar seus voos." Acontece que quando nos esborrachamos, procuramos por outro analista que nos acolha e os sucessivos sempre nos recebem com cara de que estamos deveras loucos e que não deveríamos ter tido a tal alta do tratamento anterior. Para sintetizar a questão (poder de síntese é outra coisa que a minha analista acha que eu não tenho), penso que os analistas são tão neuróticos como nós — assim como os astrólogos que tentam adivinhar os nossos signos, os torcedores de futebol que resumem o mundo nos placares e ficam imaginando se somos flamenguistas, os analistas nos olham se perguntando se somos neuróticos, psicóticos ou coluna do meio, deixando claro aqui que coluna do meio neste contexto quer dizer *borderline*. Estes seres não são os primeiros nem os segundos, ou se preferirem, são um pouco de cada.

Sempre cometo esse erro anterior de ficar explicando tudo, minuciosamente tudo, e segundo a minha analista isso também faz parte da minha doença — muitas coisas fazem parte da minha doença. Perguntei a ela como faria para me livrar dessa atitude détraqué, ela me mandou tirar partido disso escrevendo contos, sempre diz: "Bote no papel". Aí, sabe quem terá que ouvir? Os pobres leitores! Isso mesmo, vocês pagarão o pato das minhas neuroses...

Ah, francamente, desculpem-me, vocês não têm nada a ver com isso, mas de resto, sempre foi assim, a vida inteira... esse processo não acaba nunca. Calma aí, gente, lembrei de outras coisas que detesto: ketchup e a tiracolo quem coloca ketchup em tudo, gente muito franca, lembrancinhas de viagens, visita inesperada, telefone tocando na hora do fantástico, pais falando da prodigalidade de seus filhos, detesto também pessoas que querem inovar e não usam os pronomes corretamente, tipo "você aceita uma guaraná?" Entenderam agora a situação do suicídio? Não é por mim, nem em homenagem a ninguém, mas não seria melhor a sociedade deixar uma criatura chata dessas descansar em paz? Desculpe-me se fatalmente estiver incorrendo na falta de educação de não gostar de algum defeito que você que me lê agora tenha; antecipadamente me desculpo, são coisas da doença neurose. Mas vou prosseguir até onde a minha nova analista me der alta!

Considerações sobre a bondade humana

Os jogos de baralho com ela transcorriam de forma surreal. Jogávamos por cinco, seis horas até adormecermos. Foi assim: aprendemos a jogar "buraco" com os nossos pais! Para todos os cantos que íamos, eles levavam os baralhos e rolava aquela partidinha entre os amigos. Crianças assistem a tudo e consequentemente aprendem o que observam. Eu e ela aprendemos a jogar e um dia reproduzimos os nossos saberes "disputando" a nossa partida. Coloquei o verbo disputar entre aspas porque o que pretendo narrar é exatamente um questionamento sobre as demarcações desta nossa modalidade de brincadeira. Eram férias em Cabo Frio e nesse dia entornou o caldo.

Especificamente no jogo de buraco, é relativamente natural uma certa deselegância entre os jogadores. Não sei se por alusão à clandestinidade das jogatinas e proibições dos cassinos, mas que há um quê de marginal na questão, incontestavelmente há. O fator feiura se intensificara por demais naquele fatídico dia. Até mamãe que não costumava cair na pilha estava esquisita. Ninguém estava bem naquela espécie de diversão de quinta categoria. Era uma cena suburbana ruim de assistir. Mamãe muito bronzeada, picada de insetos, unhas dos pés e das mãos vermelho carne, sandálias de dedos virada do avesso fazendo dupla com o grandalhão de papai. Os dedos compridos de unhas evidentes explodiam um dedilhar na carta. A cena parecia a ressurreição de São Sebastião. Nela tinha uma coisa fora do lugar, mas nele tinham muitas: estava sem camisa à mesa, a pança pulava para fora da bermuda que era semissocial branca. Tudo estava verdadeiramente estranho no seu look. Até a pulseira apertada de ouro lhe caiu mal, parecia um torniquete. Pessoas que ficam o tempo todo muito à vontade são como crianças silenciosas, estão sempre aprontando alguma. Nessa noite, ele tinha os drinks na mão, e na cabeça nutria desconfianças exacerbadas da dupla alheia. O *setting* da jogatina era uma pequena copa engordurada com a metade azulejada de girassóis na parte inferior e na parte de cima estava pintada de azul claro. Era um azul persistente que produzia uma espécie de náusea em quem permanecesse ali sentado por muito tempo. Abro um parêntese para atribuir um pouco da responsabilidade do ocorrido à própria desarmonia do ambiente. Não era possível! Aquilo era a sala VIP do bebê de Rosemary. Nas crendices de vovó e de alguns bioenergéticos, devemos sair correndo dos lugares donde o diabo pode gostar, e indubitavelmente aquele era um deles.

Tribobó era um dos participantes da partida e fazia dupla com a sua silenciosa esposa, ambos eram fumantes e pigarreavam alto e alternadamente enquanto comiam os torresmos, que também estralavam altíssimo nas suas respectivas bocas. A senhora Tribobó respondia a comandos específicos da função, não parecia ter vida própria. Confesso que aquela mesa montada transportava os meus pensamentos para os píncaros do inferno. Não sei ao certo o que houve, sucessão de fatos ocorreram! A dupla de papai perdeu a primeira partida, o triturador de balas Soft falou um palavrão sem reconhecer que tinha a moça (mamãe na época) e crianças no recinto. Papai queimou no golpe, partiu para cima colocando-os para fora da casa. Nervosamente apagou as luzes e fomos todos para a cama. O entrevero com o Tribobó não durou doze horas, porque no outro dia eles foram pescar juntos e a amizade permaneceu por mais uma semana até findar as férias.

É incrível como nesse tempo demarcado a que chamamos de férias estabelecíamos pensamentos, ações e amizades inexatas. Acho que aquilo era o verdadeiro laboratório das *fake news* — aliás a incubadora das *fake news* é não ter o que fazer! Isso que estou dizendo é extremamente filosófico! Anteriormente falava da antessala do capeta; considerem isso somado ao ditado de que "mente vazia é oficina do diabo" para entenderem o que estava acontecendo com a nossa família! Além do faz de conta de jogador de cartas, o fenômeno *vacaciones* fazia meu pai pensar que deveria pescar todos os dias, beber exageradamente, ficar sem camisas, e consequentemente nos fazia pensar que deveríamos ir para a praia, tomar sorvete e vadiar intensamente.

O mundo é mesmo misterioso. Cabo Frio da época era encantadora. As marinas do pintor Carlos Scliar eram a maior reverência à cidade. O canal exibia uma espécie de "Veneza" brasileira com as traineiras de cascos coloridos rangendo umas nas outras. O pôr do sol, embalado pela melodia do mar, somado à alegria dos turistas traduziam-se numa epifania. Os jovens privilegiados que usufruíram dessa alegria soberbaram de uma metideza arretada. Muitos deles não tinham idade para frequentar os clubes noturnos nas noites de carnaval, mas não havia nada mais eloquente do que soletrar em razoável bocão que passara as férias em Cabufriooo.

Mas sempre brotarão no mundo objetos incógnitos! Apesar de todo o esplendor topical, mamãe carregava consigo objetos suspeitíssimos que me faziam desconfiar dessa tal felicidade. Na ocasião, para nossa sorte, não existia Rivotril, pois a cidade era o próprio, porém, apesar de todos os encantos do paraíso, mamãe possuía lotes de Maracugina! A pergunta que não calava na ocasião era: "quem estivesse feliz, de férias no paraíso, precisaria de Maracugina?" Iva, minha ex-babá (digo ex porque já estava com onze anos na ocasião e a existência da função Iva era completamente inadequada), quero dizer que Iva estava sempre no modo avião para mim. Tentava não lhe dirigir a palavra como que numa tentativa de negar o fato de um dia eu ter sido pirralho e precisado dela, mas a dita cuja não me deixava em paz. Sobre os remédios de mamãe, dizia sempre para eu não me meter. Talvez a vitamina composta de sol, mar, azul, girassol, torresmo, bala Soft, traineiras, pescarias, férias, brotoejas, Caladryl, Coppertone e confusão tenham me feito ressignificar atos importantes para o prosseguimento da minha vida.

Um ano depois chamei-a para uma partida de baralho. Na ocasião eu estava com doze e ela com oito anos. Preparamos a mesa nos mesmos moldes das referidas férias e, como num acordo silencioso e tácito, sentíamos muita pena de um de nós perdermos a partida. Mudamos telepaticamente as regras e silenciosamente dávamos as cartas que o outro necessitava para construirmos canastras. Dormíamos absolutamente felizes após a brincadeira de nos fazermos bem: minha irmã e eu encontramos saídas para o Inferno! Nos nossos jogos não havia perdedores, dominados ou ofendidos, e isso nos dava imenso prazer. Um dia, mamãe contou para uma amiga sobre a transcrição inexata do que eu e a minha irmã havíamos compreendido com a jogatina dos adultos! Devemos ter-lhes ensinado mesmo, pois nunca mais os vi exaltados (papai e ela), nem exageradamente à vontade...

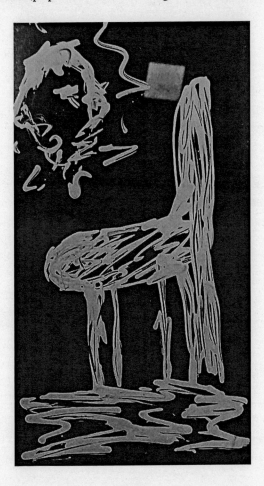

IMAGINE John Lennon...

O anúncio dizia temos vaga para porteiros de ambos os sexos! Por bisbilhotice, liguei para o número sugerido e disse: "Gostaria de ocupar essa vaga que vocês estão oferecendo e fico feliz por valorizarem as pessoas hermafroditas."

Diante do silêncio do outro lado da linha, prossegui: "É para trabalhar em um clube? Por que vocês preferem pessoas com ambos os sexos?" Ela me respondeu: "Aqui não nos incomodamos com o credo de ninguém!" Agora foi a minha vez de ficar um tempo em silêncio até ela finalizar a ligação e desligar o telefone. Uma grande empresa de Volta Redonda sempre anunciou a existência de vagas por essas bandas de cá. Os anúncios eram escritos em uma lousa com giz para permitir uma grande visualização a distância, todavia, na ausência de vagas, o anunciante escreveu o seguinte: NÃO Á VAGAS! Algum engraçadinho escreveu em baixo: "nem para o agá?" Muitos disseram não ter entendido a piada. Mas essas coisas são mesmo interessantes. Lembro-me de que o cinema da Universidade Federal Fluminense localizado na praia de Icaraí, em Niterói, anunciava o filme *IMAGINE* que é uma biografia do cantor John Lennon. No cartaz estava simplesmente escrito:

"IMAGINE John Lennon."

Um dia um amigo de república disse: "João, essa universidade é só para pessoas malucas mesmo, não é? Durante uma semana eles mandaram a gente ficar imaginando o John Lennon, e eu fiquei. Mas lhe pergunto: qual a finalidade dessa bobeira?" Respondi, "Era para testar a sua imaginação!" São coisas que não temos como explicar, ou o sujeito entende ou não.

Mas aqui mesmo em Volta Redonda já caí em algumas situações parecidas. Uma vez, após finalizar uma aula, convidaram-me para palestrar em um determinado lugar. De pronto aceitei e, no dia, disseram que posteriormente acertariam o local e a data. Tudo aconteceu conforme o combinado: a moça me ligou, fechamos o tema, até ela me perguntar se eu conhecia a Califórnia. Disse que sim, que havia estado há poucos meses em San Francisco e em Los Angeles. Embora não tivesse entendido a relação, achava que deveria ser pré-requisito para dar a tal aula que estávamos fechando. A moça caiu num riso incontido do outro lado da linha. Mal conseguia falar, e no final das contas disse: "O bairro de Volta Redonda que o senhor ministrará a palestra se chama Califórnia". Aí foi a minha vez de cair nas malhas das infinitas possibilidades linguísticas.

Sobre boitatás, sacis e outras traquinagens...

Segundo Jonas Botina, o Cabralzinho ou o "Baianinho" como também era conhecido, morreu de infarto preso em uma cela na cadeia aos 30 anos de idade. Essa estatística para nós que crescemos ali e nos tornamos amigos da Vila Delgado é triste demais. Baianinho era nordestino, não sabemos ao certo se era de fato baiano, mas era um menininho troncudo e risonho. Na infância só andava sem camisas e de remendadas sandálias havaianas. Creanto era o seu irmão ainda menor. E se não me falha a percepção, Baianinho retirava os olhares que as pessoas botavam nele, transferindo-os para o irmão. A pequena troça ou poeminha que o primogênito proferia para o irmão era: "Creanto, nome de santo, nasceu naquele canto!" Isso era recitado em carregadíssimo sotaque que no final das contas se traduzia em fino deboche. Creanto, em agradecimento, ia contracenando corporalmente com o teatrinho e recebia o poema se contorcendo todo. O rosto virava uma estranha careta e piorava com ele mostrando os dentes na mais primitiva forma possível. Ambos evidenciavam sem que percebessem, saudações aos seus nascimentos humildes e milagrosos — falavam de forma direta das suas naturezas.

Eles não tinham nada materialmente, logo não teriam também o que esconder das suas irreverentes naturezas; e mesmo na humildade explícita, não deixavam transparecer uma gota de tristeza. As *performances* inventadas por eles os redimiam de suas capitais misérias. As traquinagens eram alegrias. Existia nessa ocasião uma tolerância maior à infância por parte dos adultos. As crianças se deslocavam para as casas de outros amigos e todos os pais as alimentavam com café, pão, broas... esses pais eram camaradas uns dos outros também. Para nossa imensa sorte não havia distinção de classes no proletariado-patriarcado da nossa turma.

Voltando ao teatro dos baianos, não tinha quem não se desmanchasse de rir diante da miserável cena proposta pelos próprios infortúnios dos atores mirins — eles tiravam muito partido disso. Existia uma estranhíssima alegria em ser autêntico, primitivo, natural, sujeito, hominídeo! Era muito melhor do que hoje. Lembro-me de que um dia conversamos sobre coisas profundas à nossa maneira. Existia uma igreja evangélica na Presidente Kennedy e na porta tinha uma corrente com um cadeado. Só o pastor tinha as chaves. Ele abria e fechava a igreja e a corrente ficava pendurada com o cadeado aberto entre os elos. Assistíamos do outro lado da rua a tudo o que se passava no interior da igreja, os transes todos, as adorações, as vozes mansas, e trocávamos ideias sobre os diversos passos da peleja entre Deus e o diabo. A exemplo do que digo, percebemos que Dona Maria Alzira entrava na igreja e trocava de voz — aliás, trocava de tudo: chegava sempre com um terninho azul claro que lhe caía muito bem (diferente dos camisões mal ajambrados de malha que andava na rua) e lá ela segurava nas mãos das pessoas e dizia, de forma muito delicada e celestial, "como vai, meu filho?". Da rua achávamos um monte de coisas: um dia um dos meninos disse que nessa igreja eles serviam uma água da educação antes do culto e eles tomavam da água e ficavam tolerantes, mudavam de vozes e eram delicados — uma beleza essa tal água porque fora da igreja Dona Maria gritava com as crianças, falava palavrão e matava porcos. Ela andava com um carrinho de mão na rua e dizia que era para pegar as crianças, trancar num cômodo e derreter para fazer sabão. Tinha na frente um dente dourado de cigana e um cabelo sempre preso com coques. Eu morria de medo dela! De tanto assistirmos a esses rituais, um dia no transcorrer do transe dos fiéis, silenciosamente pegamos a corrente e trancamos os crentes com o cadeadão. Não houve água da educação que não maldissesse a gente. Reza a lenda que Dona Maria Alzira virou boitatá nesse dia — juro por Deus que foi verdade. Saímos correndo em disparada e, ao correr, virava-me e via o Baianinho como um saci correndo com uma perna só — depois fui entender que era porque a sua gasta sandália arrebentava a cada duzentos metros.

~ 167 ~

Mas o camarada cresceu, envelheceu, e o melhor não lhe aconteceu! Mestre Cabralzinho se drogava e sempre era esculachado pelos meganhas! Levava geral dos policiais, mas nunca carregava nada consigo. Quando as autoridades lhes perguntavam "Onde está o flagrante?", com aquela Baianidade toda, respondia sorrindo como lhe era de costume: "Está na menteeeee!". Se pudesse lhe mandar um recado hoje, diria: "Baianinho, onde quer que você esteja, quero lhe dizer que você é meu imenso camarada. Tornei-me especialista em mentes e em Filosofia. Um dia quero te ver de novo, dar-lhe um abraço e continuar aquele papo de portas de igreja, de boitatás e sacis que começamos aqui na terra e não acabamos! Obrigado por ter participado da minha infância e me ajudado a ser feliz!"

Para que serve um gravador? Pra ser feliz!

Quando eu tinha quatorze anos, apropriei-me de um gravador Sony de minha mãe. Nele colocava para tocar as minhas músicas prediletas gravadas nas fitas K7. As fitas tinham que ser da marca BASF ou TDK e tinham de trinta, sessenta e noventa minutos — as de noventa minutos eram muito pesadas e acabavam enrolando no gravador. Mas eu queria me dar uma festa de aniversário, faria quinze anos e sabia que a situação financeira dos meus pais estava muito difícil, jamais ganharia nessa data o que quer que fosse. Então, em homenagem a mim mesmo, elaborei uma comemoração completamente atípica. Gravei canções de diversos cantores da minha predileção e compus uma hora e meia de letras que tivessem a ver com a minha vida.

Dia primeiro chegou. O clima de família era de vergonha e luto, eles realmente não tinham nada para me dar e estavam visivelmente entristecidos por isso. Nesse dia não tive direito a escolher o almoço e a convidar os amigos, todavia, no gravador reuni composições de vinte cantores em absoluto sigilo da minha família. Arrumei a sala de casa com vinte cadeiras em disposição de teatro, e a que me sentaria estava de frente para essas todas. Entrei no chuveiro por volta das dezenove horas em banho de príncipe. Perfumei-me como um malandro da Lapa. Escolhi a dedo a roupa mais nova que tinha. Entrei na sala e tranquei a porta. Sentei-me na cadeira que escolhi, fechei os olhos e visualizei os vinte cantores sentados na plateia. Liguei o gravador e para cada música que ouvia pensava que o cantor estava cantando para mim. Pensava de verdade, sentia que estava sendo agraciado com aquele presente. E assim fui ouvindo sucessivamente cada canção, cada cantor. Ao terminar, estava renovado de tanta emoção. Chorei até ficar ensopado. Era um misto de alegria, metamorfose e superação. Saí com a cara inchada e depois disso dormi hipnoticamente.

Esse aniversário foi um divisor de águas, pois aprendi a me ter em mãos e a ser o meu melhor amigo sempre. Obviamente que um cara que recebe no aniversário os cantores Caetano Veloso, Maria Betânia, Chico Buarque, Zé Ramalho, Gilberto Gil, Gal Costa, Geraldo Azevedo, Belchior, Baby Consuelo, Robertinho de Recife, Ednardo, Pepeu Gomes, Paulinho da Viola , João Gilberto, Vinicius de Moraes, Tom Jobim, Nara Leão, Marina Lima, Tim Maia e Raul Seixas, não deve ser tão desmoralizado assim, não é (risos)... Um grande amigo psiquiatra me explicou que, na dimensão existencial da loucura, o que se vê não é de mentirinha, é real mesmo. Dentre as muitas aquisições precoces na minha vida, sinto-me feliz por ter sido contemplado com amigos maravilhosos: artistas, loucos e loucos artistas.

As coisas que não morrem nunca são coisas elevadas a objeto

Como já relatado anteriormente, adoro a água, todos os banhos: de chuveiro, piscina, cachoeira e mar. Desde a infância desenho demoradamente com a umidade do vapor no box de vidro. Essa atividade é extremamente importante para a minha vida. O banho matinal é a minha hora de meditação. Além da solidão tenho sempre na plateia aqueles minúsculos mosquitinhos de chuveiro. Eles são testemunhas das minhas frágeis verdades: assistem às minhas raivas, aos rituais de morte para as pessoas que eu gostaria que morressem, participam dos segredos que sussurro para os meus amores e dos meus desejos mais íntimos. Sabem das minhas inclinações artísticas e dos meus principais segredos. Gosto desse teatro vaporizado feito de água e insetos, pois nele todos os elementos desaparecem e se renovam naturalmente. O drama descrito tem hora marcada para iniciar e finalizar, pois os sentimentos, as mágoas, as expectativas, as frustrações, as esperanças e até mesmo as alegrias precisam ser renovadas cotidianamente. Assim como a frágil solidez do vapor que se desfaz, a concretude da morte não deve existir tal qual a concebemos. O nosso direito a evocar o morto não morrerá nunca! A relação entre a água, vapor e os sentimentos está a meu ver no que há de mais cristalino, evidente e transparente, que é a presença indestrutível das pessoas às quais amamos para além de sua própria materialidade terrestre.

Existem diversas formas de expressar o que há de melhor nos nossos sentimentos. Lembro-me de que nas festas de família anunciávamos a chegada de alguém nas nossas casas dizendo "Olha quem chegou!" Todos olhavam imediatamente e a impressão que eu tinha era que a pessoa se deliciava com a nossa anunciação.

A presença era revelada com muito amor por quem cantava a pedra. Na sequência, a energia daquela pessoa permanecia também em algum lugar energético das nossas vidas. Estou dizendo isso, porque sonhei com o meu falecido irmão. No sonho eu estava em uma grande festa com pessoas queridas e ele passou por nós jovialmente, causando-me imensa euforia. Disse imediatamente para as pessoas que me cercavam "Olha quem está aqui!". Todos ficaram radiantes de alegria por vê-lo e ele claramente se alegrou com a nossa presença. Tudo aconteceu de forma muito rápida pois, como na intimidade com o vapor e o desenho citados, ele nos acenou com um sorriso, entrou por uma porta e desapareceu. Fiquei muito feliz por vê-lo bem e jovial e também fiquei pesaroso por tudo ter ocorrido tão rapidamente. Essa "visita" inesperada surgiu em um momento que eu precisava muito de um amigo. Não que eu não tenha outros (não é possível não ter amigos) e não seria justo com os meus amigos dizer isso. Todavia, a presença de um irmão amigo é uma evocação.

Acordei pensando que os fenômenos importantes nas nossas vidas acontecem em frações de segundos... tenho certeza de que se vocês estivessem assistindo a essas cenas do meu sonho e vivendo simultaneamente a história relatada, esses segundos sonhados seriam especiais também para vocês. No exato momento em que mexia com os meus ex-votos e com as lembranças da morte (fazendo um balanço das coisas que não morrem nunca), recebi uma mensagem de um grande mestre relatando ainda questões relativas à dor de um recente luto que ele está vivendo. Esse seu luto é devido à perda de uma grande amiga. O nosso diálogo transcorreu assim: "Você não vai acreditar, Raldo, que neste exato momento estou escrevendo um conto sobre as coisas que não morrem nunca." Ele me respondeu: "As coisas que não morrem nunca são coisas elevadas a objeto sem nunca o serem, não é?" Raldo apareceu no meu conto para trazer essa contribuição: as coisas que não morrem nunca são elevadas à condição de objetos!

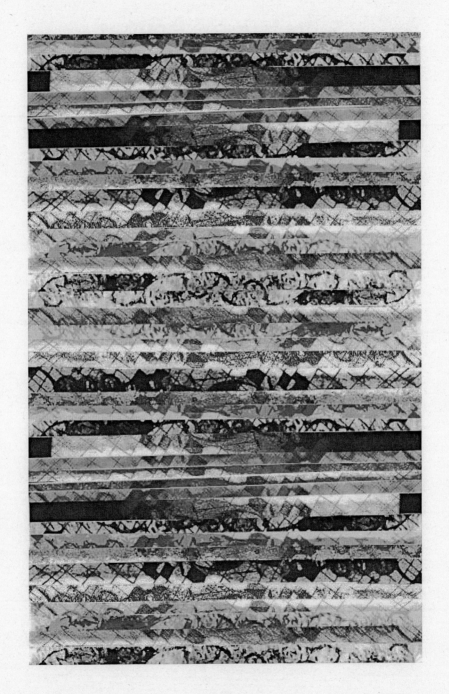

"Sobre loucuras e outras elocubrações"

"Mãe de esquizofrênico trancafia o maluco no galinheiro, não teve pena!" Esse era o título de uma das matérias de um jornal sensacionalista do Rio de Janeiro. Desculpem-me os corretíssimos de plantão, mas acho esses trocadilhos ótimos. A outra manchete do mesmo jornal ordinário estampava o seguinte título: "Pé de galinha mata pintinho, pintão e galo!" Engasgou-se com um pé de galinha e encontra-se em estado grave o pedreiro Valter Luiz da Silva de 28 anos. Seus amigos lamentam o ocorrido e dizem que Valtinho encoxava a marmita como se estivesse encoxando a namorada... feromônios à flor da pele — a visão que tinham do pedreiro atracado com o alimento era de tesão total por parte do comilão. Luiz, seu amigo, previa a tragédia e complementou dizendo que aquilo não poderia dar em boa coisa...

Mas deixando essas coisas para reflexão do leitor e trocando de assunto, havia aqui na Presidente Kennedy uma jovem senhora franzina, magrinha, a quem chamaríamos de Mignon. O que a madame tinha de pequenininha, tinha de brava! Um dia a dita cuja, enfurecida retirou o "Jarrão" (apelido do seu marido) do bar gritando: "É hoje que o Jarrão vira Ki-suco!" Sem pestanejar fez o volumoso beberrão caber dentro da Vemaguet e queimou chão. A distância, vimos o carrinho partindo como um tatu canastra. Em condições normais, Jarrão não entraria naquela bolita nem de calçadeira. Os amigos do bar (que bebiam com ele) saíram de fininho e se fingiram de mortos; todavia, a senhora em questão já foi flagrada em outras situações atuando como um verdadeiro general. Certa vez, um mecânico teve o seu carro estragado em frente à travessa do expedicionário impedindo-a de entrar na viela. Ela não se fez de rogada com o seu metro e meio... colocou as mãozinhas na cintura e gritou feito um tenor: "Eu vou furar os quatro pneus desta porraaaaa!" O motorista veio galopando retirar o seu caial da rua e em ato de absoluta submissão pediu-lhe muitas desculpas. Ammy Whinehouse defendendo-se da ferina imprensa inglesa, que insistia em divulgar a sua excêntrica vida cotidiana, proferiu uma frase muito conhecida do povo britânico: "As notícias de hoje embrulham os peixes no mercado amanhã!" Não sei se as notícias realmente desaparecem tão rapidamente assim.

Lembro-me como se fosse hoje de um político entrevistado em rede nacional proferir em ato falho o chiste da palavra "prostituinte" quando intencionou falar da nossa constituinte (Constituição Nacional). A formação dos chistes representa questões da natureza do desejo segundo Sigmund Freud. O tal político teve a intenção de nos dizer que a Constituição Federal é uma prostituição, e fim de papo. Mas voltando o assunto para a Presidente Kennedy, já vi coisas naquela rua que até Deus duvidaria. A boate Forte High Dance fervia às sextas, aos sábados e aos domingos. A rua, não mais pacata, movimentava-se de bêbados e de barbeiros motoristas. Lembro-me de que um dia, altas horas da madrugada, passou um carro embaixo da janela da nossa casa e literalmente desovou uma mulher. O motorista parou, abriu a porta no meio da rua e expulsou uma grande quantidade de tecidos que foi se desabrochando. E sentada no meio da rua, gritou: "Socorro, ele quer me matar, ele quer me matar!" A única testemunha e socorro para aquela cidadã era eu. Desci as escadarias correndo e na tentativa de ajudá-la perguntei-a se estava bem. Como uma águia machucada, mexeu-se inteira e não me respondeu direito. Disse-lhe para sair do meio da rua pois poderia ser atropelada, ela respondeu-me que a vida era dela... insisti em abordá-la e perguntei-lhe se queria alguma coisa, água, novalgina ou até mesmo um café. Desaforadamente ela respondeu com um novo grunhido. Não satisfeito ofereci-lhe umas palavras cruzadas, pois ali sentada estava tão à vontade que àquela altura do campeonato já poderia pensar em se divertir ou relaxar com um caça palavras. Qual não foi a minha surpresa quando a entidade, escondida por entre aqueles panos, manifestou-se e deu dois berros sequentes que a pacata Barra Mansa jamais ouvirá novamente: o primeiro foi "Eeeenfiaaaa a sua palavra cruzada no rabooooooooo"; o segundo, bem mais natural, "Me deixa em pazzzzzz!" Desolado desapareci do recinto com toda a minha gentileza e nunca mais ouvi falar no destino da entidade do Forte High Dance.

Presidente Kennedy era mais plural do que a nossa vã filosofia...

Aquela rua Presidente Kennedy era mais plural do que a nossa vã filosofia. Eu não tinha muitas pretensões para aquele específico dia, todavia, estava decidido e já tinha guardado dinheiro para o feito: iria à noite desmascarar a Conga, a mulher monga. Anunciei aqui a tal senhora da exata forma como estava escrito no cartaz: "Não percam a Sensacional Conga, a mulher Monga". Na ocasião existia um terreno baldio onde é hoje o supermercado 365 no bairro Ano Bom. No ano de 1980, os circos de poucas estrelas e os espetáculos mambembes atracavam naquele espaço da cidade, e eu não perdia uma atração. Peço aos leitores que reservem essa informação. No mesmo dia, acordei no meio de um domingo festivo na casa dos Millens e percebi que seria bastante agitada a programação. Agenda cheia, fechamento à noite com a Conga associado ao fato de a família estar em peso reunida no quintal. Churrasco improvisado na churrasqueira de lajotas, fartos banhos de mangueira. Havia de tudo para que cada um pudesse se divertir de forma bem suburbana.

A metáfora da grama do vizinho ser mais verdinha era um pensamento constante na minha relação com o Marcelo, meu irmão mais velho. Nesse fatídico dia de confraternização, ele passou a tarde lavando sua bicicleta cor de vinho, barra circular Monark — era o último modelo da magrela feito para adultos. As mangueiras estavam carregadas e como não sou muito dado à adesão familiar, preferi me alimentar delas. Estava de short, molhado, chupando uma manga quando vi a bicicleta limpinha, cintilante dando sopa no recinto. Peguei-a sem pedir para um rolê rápido e saí intrépido, seminu, molhado, mastigando a fruta que quase me asfixiava, feliz da vida! Talvez um passeio inconsequente, pois o meu irmão não havia me autorizado a pegar aquela joia reluzente, mas já que eu tinha me autorizado e certamente pagaria pelas consequências, que fosse bem utilizada no passeio. Fui aumentando o meu trajeto, fazendo curvas fechadas como fazem os motociclistas, atravessei a ponte dos arcos e numa ousadia de campeões aumentei a velocidade, deitei o quadro e buuuummm. Bati de frente com uma kombi que quase me matou entalado com o caroço da manga enfiado na goela. Atônito, emudecido pelo trauma e pela dor na garganta, sem conseguir falar, cara amarela de sumo da fruta, sem conseguir me explicar, seminu, molhado, as irmãs de caridade do amparo me acolheram com bicicleta amassada e tudo e ao som de Decolores me levaram de volta para casa. Eram elas que dirigiam a lotação. Abriram a porta da nossa intimidade familiar e foram portão a dentro. Como se fossem dois times adversários, estava ao fundo a família, e na outra extremidade as freiras, a bicicleta e eu, corpo todo arranhado, babado de amarelo, enquanto o toca fitas, brigando com o Martinho da Vila do churrasco, tocava o hit *Segura nas Mãos de Deus e Vai*. O cenário surreal cortou literalmente o barato da churrascada! Irmã Celina em tom assertivo e sorridente disse a meu pai "Viemos entregar seu filho", e engrenou num sermão dos perigos de se criar um filho solto. O churrasco acabava de acabar e a ressaca já penetrava nas entranhas de papai, que ficou furioso com o ocorrido.

Mesmo machucado, traumatizado, sem voz e sem tempo para elaborar o ocorrido, fui assistir à Conga. Vi aquela multidão saindo afugentada de medo. Assisti àquela estranha metamorfose produzida pelos espelhos da sensacional e sexy Conga (vestida com um maiô azul piscina e batom vermelho) ser substituída por tufos de pelos de um orangotango. Fiquei hipnotizado, estático e nem percebi que a multidão da minha sala também partiu afugentada. Permaneci traumaticamente ali, estava viajando com ela... a vi se aproximar intimamente de mim e bradar no meu ouvido a seguinte frase: "Sai correndo, moleque babaca." Só assim me dei conta de que o espetáculo havia acabado. Saí depressivo e vagarosamente do recinto. Infelizmente, o meu desânimo acabou com o negócio da monga.

Alguém sabe dizer o que está acontecendo com o mundo?

Abri o computador após acordar de uma noite de sonhos ruins e estava escrito: "Cite algo que não deveria existir no mundo." Adiante, peguei a estrada e a frase do para-choque do caminhão era: "Se a vida fosse fácil não nasceríamos chorando!" Acho que muita gente, à sua própria maneira, anda refletindo sobre as dores do mundo. Já havia postado esse texto para os leitores e o retirei rapidamente de circulação. As poucas pessoas que leram entenderam que se tratava de um desejo de morte. Deixo claro que sempre, em quaisquer circunstâncias, optarei pela vida, por mais difícil que ela se apresente; todavia, simbolicamente morro a cada dia para muitas coisas e desejo continuar morrendo, assim como desejo que muitas coisas do mundo também desapareçam das nossas vidas. A proposta de uma biografia ficcional é a realização de uma espécie de roteiro de vida, sendo assim, existem desabafos, coisas presas no coração, brechas e fendas que não posso me privar de dividir com vocês.

Realmente o mundo está se tornando um lugar difícil de se viver. Existem modos escusos de vida que estão se oficializando em detrimento da ética. Os crimes virtuais se naturalizaram e a agressividade impulsiona cada vez mais as relações humanas. Seria prudente uma melhor reflexão dos nossos atos pois estamos destruindo moralmente o planeta. É claro que o sofrimento psíquico representa hoje a grande pandemia da contemporaneidade. Sei que somos grãos de areia no universo e que a nossa dor impacta muito pouco o mundo. Todavia, trarei pequenos exemplos do que considero antônimo da felicidade. As lembranças são recentes e partem de situações vividas nesses últimos dias.

Passei as últimas horas do ano de 2021 na delegacia de Niterói abrindo um boletim de ocorrência por ter sido roubado virtualmente. Roubaram-me tudo que tinha na conta — fiquei sem dinheiro para retirar o carro do estacionamento. As tentativas ilusórias de boas entradas para o ano se desfizeram naquela maldita situação. Para piorar a questão, o ladrão ainda fez um empréstimo em meu nome. Depois disso, fui roubado por pessoas que observavam atentamente o meu descuidado estilo de vida e não perderam tempo para me dar o bote. Toda ingenuidade tem um preço e as decepções são os ônus desse estado descuidado de conduzir a vida. O problema é que tem gente se especializando em dar golpe nos outros.

O ano de 2021 foi realmente diferente dos demais. Praia fechada devido à pandemia da Covid-19, isolamento social produzindo imensa solidão e quadrilhas especializadas em roubos por dispositivos virtuais. Resumindo: restou-nos um mundo de perigos no céu, na terra e no mar. Fomos destituídos de diversão e ficamos providos de muita paranoia e criminalidade.

Passados quatro meses dos problemas relatados (exatamente no mês de abril), a Universidade Federal Fluminense anunciou oficialmente a presença de uma bactéria perigosa e resistentíssima a antibióticos. Sofro muito com a destruição dos oceanos, pois vejo neles a alegria do mundo. Representam uma saída azul para a vida! Mas a notícia prenuncia o apocalipse de que o bicho está presente nas areias e nas águas das nossas praias. Por incrível que pareça, naquele dia a delegacia era um lugar "afetivo" na cidade. Talvez seja preconceito meu não esperar afeto numa carceragem; porém, apostei que a solidariedade do Ano Novo estivesse nas comemorações da praia ou em qualquer outro lugar, menos naquela sordidez, justo ali: as coisas estão onde a gente menos espera! Muitas foram as pessoas que se encontravam nas mesmas condições que eu e, sendo assim, as posturas eram muito solidárias. Vi um senhor bem velhinho queixando-se de que lhe retiraram cifras milionárias, frutos de uma vida de trabalho.

As diversas histórias contadas naquele lugar fizeram com que eu recolhesse a minha perda e fosse lamber as feridas em lugar quentinho, em casa. Mas são tantos os desencaixes estruturais desse azul e aquoso planeta! Na Califórnia, os meus clientes estão sofrendo de uma estranha solidão! Falam disso em uníssono nas suas análises! Na Europa, os processos de exclusão, xenofobia e ódio culminaram numa maldita guerra. As diferentes posturas governamentais são as justificativas para os horrores relatados. Nas bandas do tropicalismo brasileiro o narcotráfico, as religiões, a ignorância e a milícia imperando nas situações políticas em detrimento da arte, da cultura e da sabedoria. Não estou dizendo que exista alguém certo ou errado nessa história — talvez errado seja eu de querer paz, saúde e harmonia em tempos inglórios. Ah, mas quero! Não admito a vida de outra forma nem em pensamento. Não me vejo e não vejo vocês leitores mergulhados nesse vazio e nessa desesperança da qual estamos submetidos.

Conheci uma pessoa que se suicidou por não acreditar que o amigo de confiança fosse capaz de golpeá-lo — e logicamente o golpeou! A traição está em alta! Quero ir embora para Passárgada, desse jeito não dá mais! Sempre entendi o postulado de Carl Gustav Jung de que a morte de uma consciência seria o início de outra; todavia, as consciências novas parecem ser precipícios, quedas livres... Será que a cantora tinha razão quando disse que o mundo começaria a bichar? O que vocês acham que está acontecendo conosco? O que temos visto com clareza é que estamos preocupados com o sexo dos anjos enquanto o diabo está vestindo Prada e sambando nas nossas cabeças! Talvez sejam os últimos passos do capitalismo imperando e provavelmente a próxima guerra seja de fato a pau e a pedra. De qualquer forma, essas coisas que aqui estão não poderão permanecer por muito tempo! Assim não dá, companheiro!

Me apeixeixei...

As pessoas complicam as coisas. Estava escrito no mercado "Vende peixe-se". Não deu outra, apeixeixei-me do peixe vendido. Acho que todos estamos certos, pois neste caso trata-se de um verbo, apeixar, colocado à venda em um botequim da periferia. Obviamente que só mesmo nas áreas periféricas da cidade que essas evoluções linguísticas evoluem. Nas áreas nobres, os chatos cultos se sentem incomodados e se prestam rapidamente a avisar ao dono do estabelecimento que está escrito errado.

Lá também já teve intrometidos e sabichões palpitando, mas Dona Josefa, que não leva desaforos para casa, ergue-se como um ouriço e as suas imensas unhas cor de vinho arregalam e sobressaem-se como se vivessem independentes do corpo. Com uma mandíbula exibindo prioritariamente os dentes de baixo, ela, quando contrariada, gesticula as mãos fazendo um barulho de chocalho com as pulseiras e diz: "Pare, porque eu não quero me aborrecer". Isso é como a primeira campainha de um teatro. Em breve a entidade ficará enfurecida! Se o inoportuno persistir, ela não se fará de rogada. A outra parte do texto implicará dizer não admitir intromissões na sua cozinha e na vida no geral: "Falo, escrevo e cozinho à minha maneira, quem quiser que me entenda ou vá embora (sic)!"

Cá para nós, querendo contemporizar as coisas, o peixe do "apeixe-se" não está nadando em nenhum dicionário ou oceano, mas não é sacrifício nenhum entendê-la e respeitá-la, pois levando assim a sua vida (entre temperos, dendês, leites de coco, chernes e namorados), Dona Josefa comumente vê o seu nome estampado como uma grande cozinheira nos melhores jornais do Brasil. Por ter coração suburbano, descobri por bisbilhotice o bar da Zefa — levo os turistas mais enjoados e famosos para o recanto da moqueca, levei o Xavier e o Gil (que é um gigante chefe de cozinha em Brasília) e ele rasgou elogios à moça.

A título de curiosidade, a controversa origem da "geografia" e da palavra "mu" ou "moqueca" já traz confusões e bate bocas. Os capixabas chamam de muqueca e dizem que o prato surgiu no Espírito Santo; os baianos chamam de moqueca e pleiteiam a mesma questão... vai saber quem está certo. Mas a dica certeira é que Zefa não brinca em serviço. Tenho um amigo que detesta peixe, mas está viciado no recinto. Inicialmente, eu o apliquei, mas agora sempre me convida a ir: como não gosta de peixe, pede pirão, aquela espécie de nuggets (gurjão) e come até passar mal. Eu sempre o pergunto: "Isso não é peixe?" Ele me respondeu que a Zefa o explicou que é, mas é de uma espécie diferente. Acho que a Zefa é malandra e, da sua maneira, reúne atributos para convencer qualquer um. Matheus, seu filho, está quase virando doutor, pois ainda não passou na prova da OAB. Segundo ela, existe uma prova para quem não passou na primeira que se chama REFRESCAGEM e ele está tentando; se não conseguir, irá montar o seu próprio negócio.

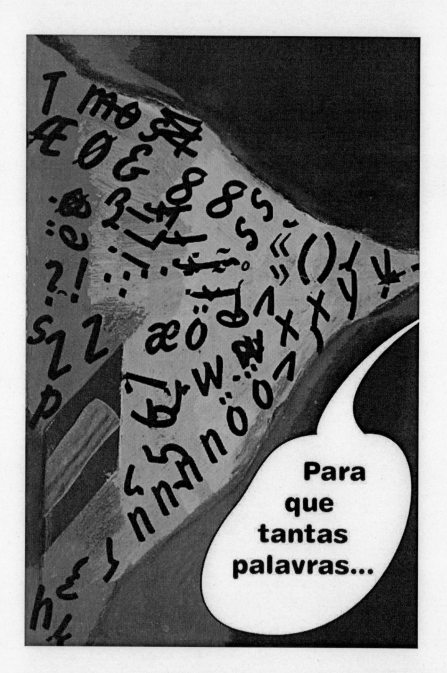

As coisas mandarão em você!

A falta da grana é um problema sério. Quando ele estava bem de vida, comprou um lote de xampus na oferta que, mesmo os usando com moderação, acabaram. E, aqui cabe a máxima de que tudo o que é vivo um dia morre! De qualquer forma, não sabemos por quais motivos, mesmo estando vazios, deixava-os no chão do box do banheiro. Embalado por uma espécie de negação ou transe, apertava-os esperando pelo milagre da multiplicação. Verdade, talvez o banho quente produza essa espécie de perturbação nas pessoas, mas especialmente no miserável em questão, o bagulho literalmente ficava louco.

Todos nós merecemos tratativas solidárias e, mesmo não tendo por ele imensa afinidade, me incluirei no time dos delirantes. Sim. Sem querer ser advogado do diabo, repararam que, mesmo as pessoas tidas como "normais", o que pensamos na cama antes de nos dirigirmos para o banho nunca é a mesma coisa do que quando estamos com a água morninha no corpo? É uma espécie mesmo de transição e, na pobreza, esse estado piora muito. Na referência deste novo pobre que nos embala o conto, quando apertava o frasco de xampu vazio, o objeto respondia com um estranho som terminado em u, como se dissesse algo do tipo "huuuu, huuuu, huuuu". Na linguagem das coisas, ou no xampulês, é como se estivesse lhe respondendo "Hoje não vai rolar, malandro! Nem adianta me sacudir, me revirar de cima para baixo porque eu não vou dar caldo". E na conversa lisérgica do cidadão com o produto, disse mais: "Vá encher o saco de outro" (já que ninguém o acompanhava nessas horas). Teria pensado, na sequência, em amolar o escasso dentifrício?

As pessoas que souberam dessas "viagens" disseram que provavelmente essa piração seja produzida pelo aquecimento do cloro... mas, vai saber?! Na Cedae não tem nenhum psiquiatra público de plantão para tirar essas dúvidas da população, mas na cidade de Florença, na Itália, tem diversos profissionais disponíveis ouvindo os malucos que piraram conversando com as estátuas. No teatro dos miseráveis, só aqueles estranhos mosquitinhos de chuveiro são plateia para essas divertidas horas, e na ausência de espectadores mais nobres, serão sempre bem-vindos.

Esse delírio de encontrar função para todas as coisas do mundo também surge no banho. Começa assim: "Se estou pobre hoje deve ter um porquê; e se estou sendo assistido por esses seres desprezíveis, também". Na esteira, surgem dúvidas do tipo: há ou não psiquiatras de plantão na Cedae para nos explicar sobre as águas lisérgicas? Embalagens vazias de xampu conversam mesmo conosco? Será que Deus realmente nos envia os mosquitinhos para assistirem aos nossos teatros matinais? Aí um grito diz alto na nossa cabeça "Não viajaaaa, sai logo desse banho porquê o mundo te espera!". Pronto!

Sair do banho, se secar, colocar a roupa e ir à luta é um terceiro tempo, outras coisas bem menos loucas nos acompanham nesse bloco, é como se nos dessem, entre o chuveiro e o closet, umas boas gotas de haldol com fenergam. Nessa etapa há também uma estranha resignação. Homens que trabalham de terno ou de roupas sociais, ao se vestirem após o banho, percebem que nessa história de zelar pelas aparências há um engodo. Imaginemos que, se o fator tempo foi de fato o responsável por acabar com um lote de xampus, será da mesma forma capaz de detonar com o aspecto "social", da outrora pomposa "roupa social". Quem começa a denunciar a situação é aquele sapatinho desengraxado que usamos sem trégua e que nos fins dos seus dias nos olha com olhar de idoso, perplexo por fazermos vista grossa para a imensa quilometragem que lhe acompanha. Se o ancião tivesse voz e pudesse nos dizer alguma coisa, certamente seria: "Não percebes que estou mais para pantufa do que para mocassim?".

E mesmo não querendo ser o causador de desagrados, pois, reclamar não é das suas primordiais funções, remete imaginariamente a questão para as camisas de tecido quadriculadas. É como se dissesse "Já que nós trabalhamos juntos, veja o que elas têm a lhe dizer". As roupas são sempre mais resignadas do que os cosméticos (obviamente, haveria mesmo de ser, pois, como o próprio nome diz, vestuário é essencial, perfumaria não). Elas dizem: "Segue em frente, cidadão, afinal de contas ser pobre é a mesma coisa do que ser rico, só que sendo pobre". Entenderam? Não, né? Ninguém entende mesmo esses conselhos dos essenciais. É necessário que sejam decifrados por instâncias especializadas.

Mas fato é, passando do assunto da existência das pessoas para as coisas, o universo nos enxerga austeramente quando não estamos bem na fita! A exemplo do que digo, os espelhos dos shoppings são implacáveis na crueldade. Sim, são debochados, assim como tudo que se situa no conglomerado do universo fashionista. Se te virem displicente, no estado do nosso personagem, dirão sem a menor cerimônia "Oi, o que há com esse cabelinho? Está na cara que acabou o xampu!" Em seguida, te darão logo uma boa retreta. Se você estiver atenta(o) ao conselho, não faça a feiura de querer sair do primeiro piso para os posteriores querendo usar da sua total liberdade. Neste ponto da conversa é importante deixar claro que os espelhos das lojas sofisticadas se sentem muito mais empoderados do que os das lojas populares: os da Renner, C&A, Riachuelo, Americanas, que normalmente situam-se no primeiro piso, são bem mais compreensivos do que os da Armani, Gucci, DKNY, Zara e Diesel. Esses são implacáveis, não permitem feiura desfilando no recinto.

Já havia dito anteriormente e repito: se o mundo realmente estiver insuportável e você desejar suicidar-se, que seja decentemente! Suicide-se vestido de Zoomp. Imagine a pompa de morrer com aquele raio na bunda! A coisa é séria! Conheci um fashionista que não foi ao enterro de sua vizinha porque na causa mortis constava que ela havia sido atropelada por uma kombi.

Foi difícil para nosso amigo sair dos ensaboados diálogos batismais e das falas maldosas de seus conhecidos. A saída se deu quando, numa tentativa de suicídio da escada rolante mais alta no shopping mais sofisticado da cidade, foi convidado por seu salvador a trabalhar em um banco. A partir daí, iniciou-se nos debates com os espelhos. Uma vez que ele se fez apto pelo consumo – afinal, seus sapatos e suas camisas passaram a ser caríssimos e sempre impecavelmente alinhados – os espelhos dos andares mais altos dos shoppings o acolheram bem e se esqueceram de como foi seu primeiro contato.

A influência dos espelhos chegou a tal ponto que ele decidiu que seus novos interlocutores eram tacanhos demais. Apresentado a Equeco em seu novo trabalho, passou a vislumbrá-lo em cada fonte ou chafariz da cidade. Porém, para não parecer antinacional e muito distante de suas origens, por via das dúvidas incluiu Padre Cícero em seus vislumbres. Decidiu, então, conversar com as moedas de seu cofrinho por toda a noite, enchendo-as de pedidos de interseção aos adorados, para, no dia seguinte, jogá-las nas fontes que encontrava de casa para o trabalho. Depois de um mês dedicando diariamente suas moedas e esperanças em cada chafariz de seu caminho, recebeu um convite para gerenciar uma empresa peruana no Ceará.

Verdade é que as coisas conversam com as pessoas o tempo todo, queiramos ou não. E sendo você quem for, é preciso não cair na boca das Matildes e dar mole para o azar!

Há de ser por amor!

Não acreditei quando a vi deitada com a cara enterrada no lanche! Segundo ela, saiu de casa cedo, pegou o ônibus lotado de Jacarepaguá para Ipanema com as amigas (levaram barraca, isopor e cosméticos, Coppertone e Cenoura e Bronze), para a praia. E, às três horas da tarde, estava meio fraca quando entrou na hamburgueria. Enquanto preparavam o sanduíche ela viajava nas notícias da pequena televisão que se apoiava no giro TV. Quando a boia chegou, ela acomodou-a na frente do seu nariz e dormiu confortavelmente naquele multiuso podrão quentinho. Ao ser acordada do desmaiado sonho, disse com sorriso no rosto que estava se divertindo muito!

Sinceramente... eu não consigo entender como!

Tenho um amigo que sempre me conta sobre uma moça que outrora foi a razão de sua vida. Marcos sabia de todos os horários dela: às seis e dez ela já estava no ponto de ônibus, pois trabalhava exatamente as sete. Marcos, que não trabalhava, acordava às cinco e meia, tomava banho, perfumava-se todo, caprichava no look e ia correndo para o terminal para, ao lado dela, também esperar pelo seu inexistente ônibus. Naturalmente, ele confabulava para si próprio um trabalho, pois se não lhe impusesse o fato como verdade, cairia em contradição ao contar os detalhes do seu trampo para ela. Tudo teria que parecer perfeito, meu pobre amigo não teria naquelas circunstâncias o direito de errar. Com o tempo, os dois que por meses só se fitavam passaram a conversar e, no primeiro papo, ela o convidou para uma excursão que estava organizando. A viagem seria de Volta Redonda para a praia de Mambucaba, em Paraty. O moço encontrou na oportunidade o roteiro para o seu sonho encantado. A tortuosa espera pelo dia o fez ter dores estomacais, insônia e passou uma semana sonhando em tê-la sentada a seu lado.

A tormenta teve fim: no dia do benefício, ela, como administradora da excursão, chegou cedíssimo, tinha um caderno de capa dura nas mãos e conferia o fluxo de passageiros que entravam no busão. Muito pintada e austera, foi administrando os detalhes, conferindo os respectivos bilhetes e pagamentos do crediário da excursão. Ali, diante de tudo, Marcos foi tomando pé dos fatos, afinal, na vida, o real nunca se encontra com o imaginário. Ruthinha era uma das secretárias da coqueria da Companhia Siderúrgica Nacional e quando anunciou o pacote *all included* para a praia, foi um frisson na indústria. Todos os mavambos se candidataram (não se sabe se todos nutriam coletivamente as mesmas fantasias do meu amigo). Mas fato era que na fila de entrada havia uma senhorinha além da organizadora. Era uma pessoa velhinha, deveras fragilizada, meio sorumbática. Além da senhorinha, havia também uma outra envolvida por um lençol (não dava para saber o que a fazia estar naquelas circunstâncias), porém todos os passageiros estavam presentes e os seus nomes estavam escritos em folhas distribuídas nos assentos. Qual não foi a frustração do camarada ao ver o seu nome relegado à última poltrona. Naquela desprezível atitude da organização, ele teve a certeza da total falta de reciprocidade de Ruth à correspondência do seu afeto. Marcos deitou-se muito frustrado e fingiu logo dormir a partir da saída do ônibus. Colocou suas expectativas no ponto zero! Desanimado, sem saber se tudo haveria de ser trevas.

No curso da estrada, exatamente no fim da serra do Rio do Ouro, a senhorinha gritou um palavrão que ecoou na madrugada fria e acordou até mesmo os que estavam em sonhos profundos. Com toda malandragem, a coroa imediatamente (para desculpar-se e tentar retomar a "elegância") disse em voz sedutora: "Desculpem-me, estava sonhando!" A piãozada não gostou da prévia, mas tentaram disfarçar e, quem sabe, voltar a dormir. Como haveria de ser, o busão prosseguiu, meu amigo começou a desfazer as suas fantasias. Neste ponto da narrativa ele disse ter se lembrado dos conselhos paternais. Segundo ele, seu pai havia lhe dito que na busca pelo casamento o gatilho era: tal sogra, tal noiva, disse que as moças na velhice se assemelham às mães e Marcos não simpatizou com o que outrora vislumbrava como sogra. Mas *all that jazz*, pois o show deve continuar.

Adiante, quase chegando na praia, Ruthinha, meio borrocada de maquiagem e sono, ligou um som ambiente — que propositadamente tocava: "segura nas mãos de Deus e vai", pegou o microfone e no corredor foi anunciando as regras do passeio. O primeiro pedido da moça foi uma revelação estranhíssima. Ela disse o seguinte: "Caros amigos, faremos uma viagem em paz, deliciosa; todavia, quero avisar a vocês que o meu irmão, a Geruza... (e chamou à frente o irmão, que no início estava envolto no lençol), usará um biquíni de duas peças. Peço a todos muito respeito e consideração!" Para surpresa da anfitriã, a partir daquele momento, os moços da companhia começaram a gritar: "Viadoooo, viadooo". A sogra do Marcos, mãe das moças, pegou uma colherona de pau que serviria o salpicão e partiu para cima da geral. Não teve pena, enfiou-lhes porrada! O mais estranho de tudo, segundo o meu amigo, foi que o motorista continuou dirigindo naturalmente com a porrada comendo no recinto: o ônibus quase tombava de um lado para o outro, mas o motorista estava tranquilo, realmente embalado pelas mãos de Deus.

O ônibus chegou em Mambucaba nesse clima, o motorista estacionou no centro da vila, os caras arrombaram as janelas da saída de emergência, alguns pularam, outros saíram pela porta da frente! Nessa história, Marcos saiu pela janela e junto com ele saíram os seus sonhos. Procurou a estrada de volta, pediu carona até as cinco da tarde, viu o ônibus da excursão passar por ele de volta e prometeu nunca mais se aproximar da moça.

Quarenta anos se passaram e hoje, quando os dois me contam essa história tendo a cunhada Geruza e os filhos como plateia, vejo que "o amor tem razões que a própria razão desconhece".

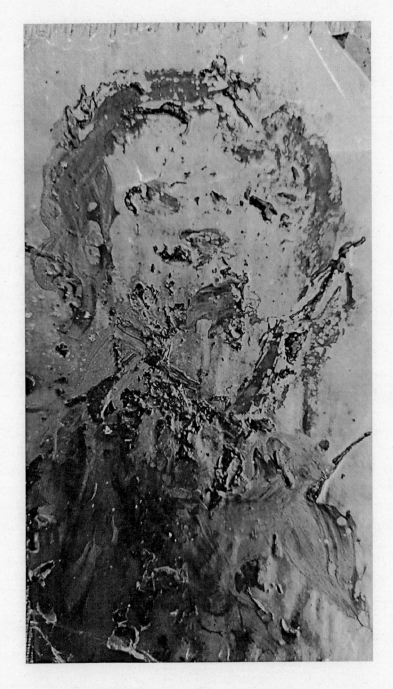

Entre a sombra e o assombrado...

Nesta manhã de segunda-feira estive de olho na conversa dos outros.

"Você é tia da... como é mesmo que ela se chama? Valdinéia!"

"Você conhece a Néia de onde?"

"Ela é amiga da Neuza..."

"Ah, sim... eu gosto muito da sogra dela, a Leika..."

"A Leika é enjoada, mas é minha amiga."

A atendente gritou: "Maria Elealtéria".

A senhorinha se levantou, despediu-se da mais recente e solidária amiga e disse: "Depois a gente conversa mais!"

O papo narrado se deu na fila da quarta vacinação da Covid-19 no SUS para as pessoas acima dos cinquenta anos! O procedimento demorou muito e por este motivo saí com muita fome do posto de saúde.

O restaurante popular que normalmente almoço fica num bequinho sinistro, porém, é a melhor e mais barata comida da cidade. Sentado atrás da minha mesa estava uma voz dizendo para alguém que trabalhava em um consultório médico e que era secretária. Disse que sempre receitava paralelamente ao doutor, ia na surdina oferecendo os seus medicamentos naturais, banhos de ervas. E um dia ganhava a confiança dos clientes, mas deixava claro que as suas especialidades esotéricas eram práticas alternativas para mães necessitadas. O problema desse restaurante é este: o beco é tão espremido que, se quisermos olhar para a pessoa que está falando, teremos que nos virar completamente e a criatura em questão fatalmente perceberá a nossa curiosidade em participar da conversa. Acontece que por bisbilhotice ou por intenção explícita de bisbilhotar, esse hábito é reprovável. Às vezes, almoço rápido para, ao sair, ter a oportunidade de ver o rosto do(a) falante oculto(a), mas, noutras vezes, o pior acontece: a pessoa parte sem deixar vestígios. A secretária "esotérica" que estava no meu background disse que receitou banho de rosas brancas para cair adequadamente o umbigo de uma criança e, como a mãe não escutou, a menininha terá que ser operada.

É engraçado essa mania de ter ouvidos para escutar tudo. Mesmo as coisas ouvidas fora do consultório são capturadas por mim. Fato é que, por eu ser analista, deveria fazer ouvidos de mercador fora do meu ambiente de trabalho; mas não consigo. E já que cheguei até aqui, prosseguirei falando de coisas esquisitas.

O motorista do Uber em um curto trajeto me perguntou se eu acreditava em Deus, para não estender a questão disse-lhe que sim. Meio metro após a pergunta disse que tinha percebido em mim uma alma iluminada — senti-me o próprio Mahatma. Adiante disse que nenhuma felicidade estaria fora do meu próprio interior. Perguntei-lhe se o interior seria mesmo aqui em Barra Mansa. Ele detestou a minha simplicidade; mas acontece que fui tomado de surpresa, porque, na hora que ele falava comigo, viajava por outros países querendo efetivamente me transportar para longe. O carro chegou no destino, saltei e a conversa ficou pela metade.

Mas é óbvio que eu descansaria muito mais se não tivesse essa tal de atenção flutuante, flutuando com tanta intensidade na cabeça. Agorinha fui na padaria e ouvi um cara atracado com um misto quente mentir descaradamente para a mulher. Ele dizia ao telefone "Não posso, amor, estou atolado, na minha mesa tem um quilo de problemas para resolver e as pessoas aqui estão querendo me bater. Prometo que hoje à noite preparo um jantar para você." Mas a pergunta que não quer calar é: o que eu tenho com isso? Nunca ouvi essas coisas para contar para ninguém, sou daqueles que construo piadas para mim mesmo.

Numa segunda-feira, sobre os efeitos do programa televisivo dominical *Fantástico*, uma moça serviu-se fartamente de tomates em um restaurante self-service. Quando me aproximei ela disse "Você não gosta de tomates?" Respondi-lhe ao ver o seu prato que ela gostava bem mais do que eu. Com um sorriso ela respondeu: "Eu incluo sempre no meu cardápio, pois faz muito bem para a próstata." Juro que fiquei confuso com a resposta. Dizem que no interior o povo é mexeriqueiro, mas não é este o meu caso, pois, afinal de contas, recebo para ouvir segredos desde que me entendo por gente. Sou fidelíssimo a isso, mas alguns são ruins nessa arte.

Vocês já sofreram por ouvirem coisas indecifráveis jogadas ao vento? Pois é, ontem na fila da farmácia um senhor cowboy disse para a atendente: "Nesse tempo de vida aqui na terra eu vivo entre a sombra e o assombrado (sic)". Não entendi o que ele quis dizer, mas tenho a impressão de que era algo profundo. Alguém se habilita a traduzir? Curiosidade mata!

Meu amigo boi marrom...

Veiculo aqui reflexões próprias, embaladas pelo pensamento do poeta, contista e romancista Henry Charles Bukowski. A vida nos oferece caminhos a serem percorridos e muitas das vezes o que há para se percorrer são estranhos túneis escuros e estradas acidentadas. Durante todo esse percurso, relutei em falar do mal, da maledicência e da maldade — fiquei estrangulado entre o que ainda havia por ser dito e a utilidade de se dizer essas coisas. Adilson, Anna e Vanessa, no início deste livro, nas suas respectivas considerações, advertiram os leitores de que aqui não haveria espaço para bizarrices literárias, todavia, quero tomar ao pé da letra o conselho do escritor homenageado de nos dizer que "a raça humana exagera em tudo: seus heróis, seus inimigos, sua importância". Não quero incorrer nesse erro! Para tudo que fazemos há a medida certa. Quero tão somente incentivá-los a prosseguirem sempre, mesmo que pessoas muito ruins lhes tentem atrapalhar a vida, mesmo que vocês maldigam os deuses, e ainda prosseguindo "O destino não é o único culpado. Nós desperdiçamos nossas oportunidades; nós estrangulamos nossos corações. Uma pena, uma pena, uma pena..."

Na infância ficava assustadíssimo quando via pessoas muito próximas tendo atitudes extremamente maledicentes. Apraziam-se em propagar as suas versões de fatos íntimos, acontecidos dentro de suas casas, levando-os para as pessoas da rua. O susto e o assombro dessas circunstâncias me fizeram compreender, cedo demais e a meu modo, o significado das palavras indecência e imoralidade. Muitos foram os demônios que cruzaram os meus caminhos, mas para lhes destinar o lugar merecido, não lhes digo o nome e não lhes dou moral. Não porque seja bondoso, mas porque creio que o lusco-fusco natural seja a luz necessária para lhes aquecer a pérfida opacidade. Não lhes desejo a morte por supor que essa não seja a pior coisa da vida. Entendi que todos podem estar incluídos nessa imensa condição de pobreza: médicos, advogados, empresários, políticos, milicianos, ladrões, michês, prostitutas, "amigos", doloridos e mau amad(os)as.

Quando criança li no para-choque de um caminhão o seguinte jargão: "Senhor, dê longa vida aos meus inimigos para que assistam de pé a minha vitória!". O filão, embora popularesco, era extremamente filosófico e de difícil alcance para a minha tenra idade. Na ocasião, nem bem sabia o significado das palavras, mas sabia que o pensador que as criou estava claramente se deliciando com a observação das vinganças. Assistir aos assombrados se dando mal pode ser de fato uma espécie de game viciante, mas felizmente temos mais o que fazer. De maneira habitual, somos cegamente "liderados" pelo simples fato de não sabermos o que desejamos das nossas vidas. A preguiça, chaga da manada, emite juízos obtusos a partir de suas respectivas ignorâncias. O mundo está repleto de *fake news* e de falsos profetas. Aprendi que uma das formas de ser assertivo é compreender com os estúpidos. Eles nos ensinam a não fazer. Olho bastante para as pessoas que detesto, não por masoquismo, mas para que elas me ensinem a como não ser o que elas se tornaram; e sendo assim, aprendo a nunca estar no mundo à maneira delas.

É verdade, pessoas asquerosas servem de mal exemplos para mim. Vejo-as comumente na figura dos bonzinhos, bajuladores e puxa sacos... essa estirpe nunca se tornará nada, pois a mesquinhez fará com que eles sempre se sintam menores do que os outros. Conheci um arremedo de gente, uma raspinha do tacho, que quando queria ser "grande" citava as palavras de um juiz ou de um medalhão, dando-lhes obviamente as credenciais e, quando ouvíamos a bobagem final, víamos que não havia nenhuma necessidade de se fazer alusão à referência mencionada para se dizer tamanha asneira. Os covardes se agrupam sempre, procuram adesão entre iguais e se conduzem determinados pela inveja. Não ousemos duvidar de que somos cotidianamente invejados por coisas inimagináveis. Se vocês perceberem, verão que a todo minuto os cascalhos se reduzem a pó nas estradinhas de chão.

Darei dicas consistentes do que aprendi para me livrar do mal. Se estiveres atravessando pelas estradas do inferno, não dê caronas, não tomes café nem bebidas alcoólicas (toda sobriedade será necessária). Não pare o carro por motivo nenhum, coloque uma música de sua predileção e siga em frente. Ao acordar, dê-se um demorado banho quentinho, converse bastante consigo. Nessas horas as boas intenções são carinhosas manifestações de narcisismo de vida, tome-se em mãos. O amor-próprio enfraquece as más energias: cuidado com os vampiros, as sanguessugas.

Relatarei a seguir três espécies de demônios que cruzaram o meu caminho. O mais recente diz respeito a um fraco e truculento falso *self-self* comédia que se vangloriava por resolver as coisas na porrada. O aprendiz de miliciano se apresentava para todos como injustiçado (todo mau caráter se apresenta desta forma) e, posteriormente, foi me dizendo de forma irracional sobre todas as pessoas que foi capaz de importunar. Lembrar-me dele me deu preguiça de prosseguir escrevendo, aludi-lo significa evocá-lo e isso é sempre péssimo! Esse ladrão tornou-se conhecido nacionalmente, pois quando as pessoas me viram distante dele, aproximaram-se para me confirmar quem de fato a criatura era.

Conheci o outro perverso por meio do seu cão. O pequenino e angustiado animal corria atrás do carro do playboy que de madrugada o abandonou. É impressionante como os cães se equivocam com a índole dos humanos. E a última e talvez pior história que presenciei diz respeito a um senhor, homem velho, cristalizado, que criava gado de corte. Um dia, passeando pela sua fazenda, avistou um boi marrom de chifres enormes e me disse em tom carinhoso: "Sabe aquele chifrudo marrom ali? É um dos meus melhores amigos". Disse-me que a seu lado passara a vida arando os pastos e era muito hábil no arado — animal manso, obediente e dócil. Prometeu-lhe agora na velhice que o deixaria descansando em paz como retribuição de uma vida de parcerias e de sacrifícios. Nas suas palavras, parecia cônscio dos atributos de amizade estabelecidos entre eles. Guardei bem a cara do seu amigo que, por resignação, muito me cativou. Feliz com o passeio não demorei a retornar, e não sei se por sorte ou por azar, vi um animal pendurado por ganchos pelas patas traseiras, agonizando com a cabeça traumatizada, e no pescoço o sangue jorrando com as marcas da punhalada. Sabem quem era a criatura sacrificada? O próprio! O amigo que muito lhe ajudou no arado! Quanto azar no destino do marrom. E que sorte a minha, nunca mais me aproximar deste crápula psicopata.

    Laura, minha irmã, ao ler o meu texto, comentou: "Fato é, João, que esses protótipos mal-acabados e de desfiguradas personalidades hora ou outra nos surgem pelo caminho, desafiando nossa resiliência e estimulando nossa força mental, matriz de nosso ser, pilar de nossa estabilidade. Vamos agradecê-los por nos deixar mais preparados e mais lúcidos destes aspectos sinistros que também pertencem a alguns homens." Acho que ela está repleta de razão, e nem sei o porquê, escolhi fechar o livro desta forma, pensei em colocar esses relatos em uma próxima obra, mas o que faço aqui é expurgar essas doloridas lembranças, como quem espreme um furúnculo e despede-se da dor. Afinal de contas, prometi nunca lhes dar moral. Outro conselho importante: estejam atentos, pessoas que não gostam de animais não prestam!

A Hora do amor...

O céu é o limite...

"Fantástico! A sensibilidade que escaparia de muitos, torna a nossa vida melhor e o nosso amor maior. Obrigado por compartilhar..."

Foi assim que o meu amigo reagiu ao texto que lhe enviei! Trata-se de um pequeno registro entre Alex e eu em um dia de alegria. O que mais adoro nele é a ingenuidade. Estávamos no meio da praia de Copacabana e ele disse: "Ipanema fica para lá" e apontou num sentido errado. Corrigindo-o, disse que não. Ele então pensou e respondeu "Ah, então é para lá!". Mostrou-me o sentido contrário. Respondi: "Deve ser para cima." Ele então ficou por um tempinho olhando para o céu. Vocês se lembram da atriz Marcela Catarxo atuando no filme a *Hora da Estrela*, baseado no homônimo romance de Clarice Lispector? Pois eu acho muito parecido com ele! Tem uma cena que registra o início do namoro de uma moça simples do interior com o namorado paulistano. Ela constantemente se via encurralada pela insegurança do amado. O cara insistia em saber se ela o amava e, ambos em maus lençóis, desenvolveram um diálogo que se deu mais ou menos assim:

"Você gosta de mim?", perguntou o rapaz.

Ela respondeu afirmativamente; ele não satisfeito tentou se aprofundar na questão, e com cara de sofreguidão desceu mais alguns degraus:

"Mas gosta como?"

Ela muito embaraçada e tímida respondeu:

"Gosto muito..., mas do que eu gosto mesmo é de goiabada com queijo!"

A melhor coisa que me aconteceu foi estar presente, acompanhado do Pedro Valente, filho de Clarice, assistindo a "isso" naquele dia! Não me contive, dei um grito de felicidade no cinema! Que delícia de cena. Na presença dele, constantemente repriso essas histórias.

Meu amor é tão complexo quanto a personagem descrita. Mandei agora o que escrevi para a sua apreciação e para uma sensível amiga, ela disse: "Diga a ele que eu adoro goiabada com queijo, não à toa em Minas é uma sobremesa chamada Romeu e Julieta, ou seja, uma história de amor." Ele me perguntou se eu havia enviado para a Nathalia e Vanessa, respondi-lhe que sim; ele prosseguiu: "Mas esse negócio de goiabada é bom?" Eu perguntei, "Como assim?" Ele disse "É coisa boa?" Disse: "É ótimo". Ele então falou: "Aproveita o ensejo e mande para os meus amigos, para o Luciano, Mauro, Laura, Mara, e para todas as pessoas que gostarem de nós dois."

Trequi-tetrequi

Trequi-tetrequi: esse era o barulho que fazia quando ela voltava as frases naquele antigo gravador de rolo. Geilse era minha professora de inglês e talvez por intermédio dela tenha percebido algo de "patológico" na minha atenção. Não sei se era déficit ou o contrário, mas ficava hipnotizado com coisas que me roubavam inteiramente a atenção do que eu deveria seriamente me ligar. Explicando-me melhor, o que havia de sério ali naquele *setting* era a aula ministrada por ela, e obviamente nela eu deveria depositar o meu absoluto interesse; todavia, me parecia muito exótico o fato de ela trabalhar operando esse gravadorzão de cima de um pequeno alambrado a alguns metros de distância dos alunos com uma mesa entre a gente. Fato é que eu sempre me abstraia com aquela figura elegantemente vestida com um terninho que tinha a logomarca do curso, batom vermelhinho e coques no cabelo. Desculpem-me as viagens, mas naturalmente o som emitido pelo gravador associado ao personagem falando em inglês e a ritualística dela me levavam para Alfa Centauro e eu nunca conseguia entender claramente o que o aparelho dizia.

Meus pais esperavam que eu tirasse ótimas notas, mas em extrema oposição ao desejo deles, o que eu esperava de mim era exatamente o que está descrito acima. Adorava viajar por aqueles sons meio escatológicos produzidos por aquela máquina mágica conduzidos pela semicibernética DJ. Quando falo de sons estranhos estou falando de surdos ecos emitidos no diálogo que a "coisa" estabelecia comigo. Denominei a brincadeira de repetir de: *remove the words from the burp*, retire as palavras do arroto, ou *let's play listen to the demons*, vamos brincar de ouvir os demônios.

Após explicar trecho por trecho da aula, a professora colocava pequenas frases no rolo para repetirmos. Por esse motivo, sentava-me invasivamente entre alguém. Quando ela apontava o dedo dizendo "Você", eu cinicamente me virava fazendo o colega entender que o "você" era para ele, e dessa forma por algumas vezes me safei. Não entendia o fenômeno de saber-me razoavelmente inteligente e não aprender nada de inglês. Não faltava uma aula e a desgraça derradeira dava-se sempre no dia da prova oral.

Prova marcada, mudança de livro, não teve para onde fugir. A prova oral era coletiva na turma, e naquele dia Geilse estava afiada. Exibiu um slide na parede com uma cena de café da manhã, tipo propaganda de margarina, soltou o rolo, o bicho grunhiu; olhou para a minha cara, estalou os dedos e disse "Você!" Fui o primeiro naquele dia, tentei disfarçar olhando para o ventre, mas não teve jeito, ela repetiu "Você, João!" Para impressionar, após ouvir, falei "*Repeat, please*"; ela então repetiu. Falei em voz alta, pausadamente, dando ênfase em todos os sons: MANCHUBA! O "man" ganhou um lento manancial de "enes" e os meus olhos arregalados diziam "Está certo?" Ela abandonou a sala com a mão na boca e demorou a voltar. Pensei que tivesse tido uma crise de dor de dentes e fiquei esperando a continuação do meu teste. Após todos finalizarem ela me chamou particularmente e disse: "João, o que é MANCHUBA?" Disse que não tinha um significado específico, era como eureca. E ela então me fez entender que na cena do café da manhã, a mãe perguntava para a filha "*More sugar?*" ou "Mais açúcar?". Errei por pouco...

Mas mudando de assunto, inglês nunca foi o meu forte... fui aprender na fonte, nos Estados Unidos da América, lá seria diferente. Mas como manda o figurino, o interiorano sai do interior, mas o interior não sai dele. Minha bendita Barra Mansa é um caso inseparável de amor... desses de Dercy Gonçalves com a sua adorada Madalena, ou da nossa musa Maria Bethania com Santo Amaro. Um dia ouvi a Bethania dizendo que se não morasse em Santo Amaro, moraria em Copacabana. Senti-me aliviado. Barra Mansa para mim é assim! Mas voltando à América, primeiro dia de aula a professora me perguntou "Where are you from?"

Eu não titubiei e respondi "Barra Mansa". Ela feliz disse "Bahamas?". Ihhh... criou-se um impasse; algo mnêmico ressurgiu e vi que a relação entre as Bahamas e Barra Mansa era a mesma da MANCHUBA com *"more sugar"*. A partir daí lidei com essas coisas como pude e fui levando a vida!

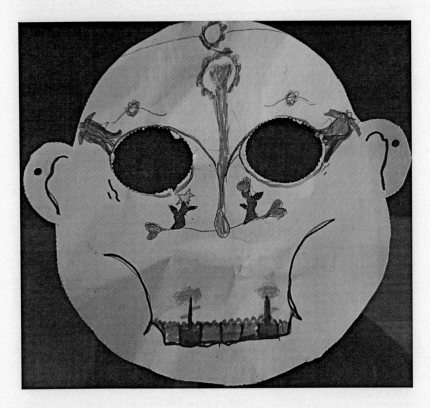

Sobre uma carta em branco

Parto do princípio de que todas as pessoas que entram em livrarias e retiram os livros das estantes, ainda que inconscientemente, têm por intenção original lê-los. Por outro lado, cabe ao escritor a responsabilidade de inversamente fazê-las amá-los. A interação da obra na relação com o leitor faz parte do ofício do escritor. Por alguns vieses um livro "parla" e nos seus silêncios diz: "Meus caros amigos, estou aqui para despertá-los para as mais diversas sensações. Sim, um livro que se preze presta-se a esse papel". Aqui no caso, a obrigatoriedade de mutuamente interagir com as pessoas para convencê-los da sua importância é de total responsabilidade do objeto. Não só para seduzi-los, mas para a minha própria alegria, digo que as gargalhadas mais intensas, os choros mais sentidos e as melhores paisagens foram vividas nas páginas dos livros. Para que eu disponibilize um conto para a publicação é necessário que este me produza conteúdos sentimentais muito fortes. Na experiência deste livro, o critério foi ainda mais acirrado, pois, sem que soubessem, todos os leitores interessados em lê-los o fizeram votando despretensiosamente pelos acessos das redes sociais e posteriormente, sem aviso prévio, os julgaram aderindo a eles com a marcação dos "*likes*". Os contos mais votados foram os selecionados. Na vida particular, sou absolutamente aficionado pelos romances de formação, pois conceber o fato de que uma obra literária tenha a capacidade de me tornar melhor é algo que muito me seduz. Aliás, a palavra formação está em consonância com todas as profissões que escolhi. Carol Foxy é uma amiga que sempre dizia brincando que um dia escreveria um manual para entregar a todas as pessoas que porventura se interessassem afetivamente por mim. A galhofa referia-se ao que denominava de "complexa personalidade". Ela não imaginava que aqui, distribuído em contos, eu próprio escreveria a minha autobiografia, utilizando de artifícios humanos, sincrônico a tudo que realizei ao longo da vida. Neste diálogo pleno, sem ter que renunciar a nenhuma verdade, sou psicanalista, filósofo, artista plástico e a tiracolo aprendi a ler e a escrever, tornando--me também escritor. Quando escrevo estou repleto, nada me falta, nada necessito... a Arte é o meu ópio. Se a emoção não me envolver por completo, nem coloco a primeira palavra no papel.

Era Natal no inverno canadense do ano de 2014. Montreal estava com baixíssimas temperaturas. Na ocasião, era um solitário estudante. O "amor" que levei do Brasil me substituiu tão logo aprendeu a falar as primeiras palavras em inglês. Na transposição da Física para a Psicologia, a palavra resiliência consiste no fato de suportar altíssimas dores e sofrimentos. Nunca liguei para as festas natalinas, todavia, com relação às sentimentalidades, sempre considerei muito. Amor é coisa séria e estava literalmente entregue à depressão, solidão e fossa! A brancura radiante da neve esterilizava qualquer sorriso ou indício de alegria em meu triste semblante! Especificamente naquela noite fria de Natal encontrava-me com medo da intensidade das "coisas"... comecei ainda à tardinha dizendo para mim mesmo que tinha ido para lá somente para estudar e não para o contrário — havia de me contentar com o que o destino havia me proposto. Três novos amigos da escola me convidaram para passar as festas em suas residências, todavia, tão logo se despediram ainda na sala de aula e se esqueceram do convite. Peguei um livro para tentar me distrair e folhas de papel para escrever uma carta para os meus familiares. Às dez e meia da noite comecei a tentar dizer as coisas que me arranhavam a garganta. Embora muito tivesse a falar não consegui escrever. Sozinho, chorei muito! As lágrimas grossas caíram na resma como gotas de chuva. Irrugaram as folhas fazendo marcas como que impressões de braile. Sim, não há melhor descrição sígnica do que esta, pois, no final das contas, a minha carta em branco, ou em braile, registrava uma dor tão dilacerante e profunda que até os cegos seriam capazes de ler. Adormeci na mesa, nocauteado pela dor e pela solidão. Acordei acompanhado dos únicos objetos que me restaram, a saber, a carta de bolhas de lágrimas e dois livros de francês. Li a carta mil vezes para mim mesmo e fixei-a na parede como uma referência para a felicidade — sim, tudo que fosse diferente daquele dia mereceria ser comemorado! Os livros foram amigos inseparáveis por todos os minutos da minha vida. A partir daquele dia, passei a compreender completamente um aforismo que Friedrich Nietzsche escreveu no livro *Assim Falou Zaratustra*: "De tudo que se escreve, aprecio somente o que alguém escreve com o seu próprio sangue. Escreve com sangue e aprenderás que sangue é espírito."

Iole...

Iole não sabe ler, nem escrever, nem falar, ao menos o que conhecemos como leitura, escrita e fala. Mas não é bem assim. Convivo com ela e provo por A mais B que Iole lê muito bem, escreve ao seu jeito e como me fala. Incansável em seus latidos, todos com tons sonoros específicos, que eu identifico muito bem. A prova da amizade entre humanos, delineei-as aqui. Agora, eis uma amiga incontestavelmente fiel. Se as memórias são significativas para alguma extração e composição das histórias, a não mais mocinha do retrato a seguir testemunhou ao meu tempo muito dos gostos e desgostos. Ao tempo dela, porém, os anos foram mais acelerados. Afinal, sete anos para um cão têm a equivalência de sessenta anos para um humano. Em termos de idade, Iole me superou. Quanta experiência compartilhada com essa senhora idosa. Surpreendo-me com seu vigor. Agora, mais novo que ela, devo me curvar à sabedoria que ela acumulou em nossos anos de convivência. Talvez saiba de mim mesmo o que ainda não conheço. Serei mais atencioso em aprender, em ouvi-la atentamente em seus latidos, em ler o que ela escreve em seus gestos...